# 中國近代文學故事

【下冊】

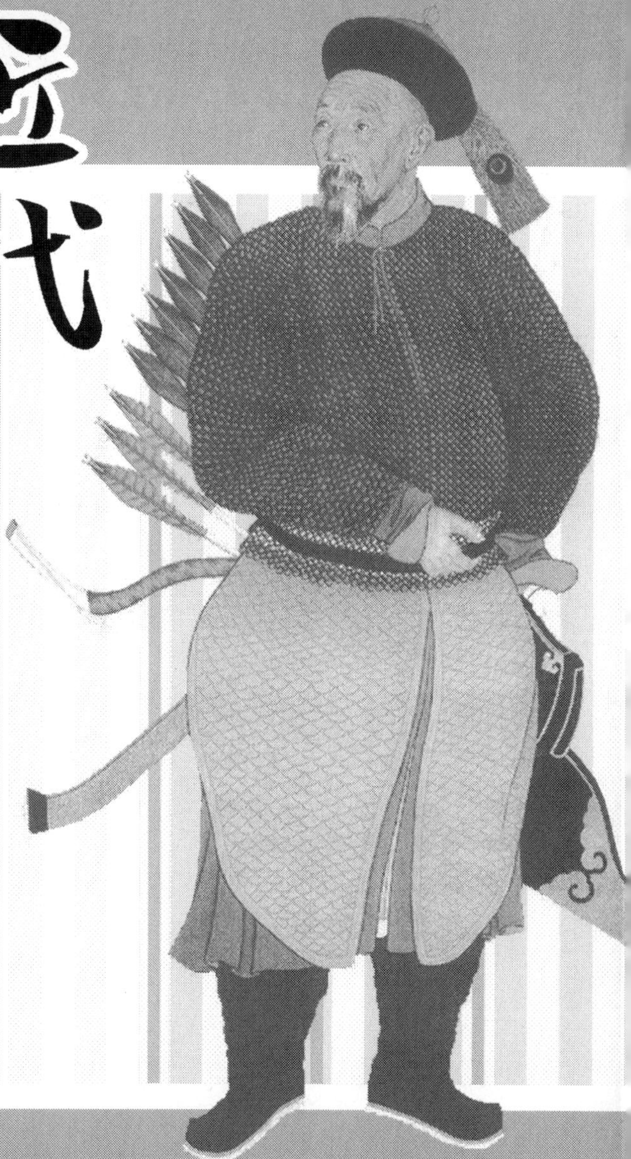

# 中國近代文學故事（下）

目次


・狂放的劉鶚與《老殘遊記》 205
・會唱人間神曲的藝人白妞 212
・李寶嘉與《官場現形記》 217
・譴責崇洋媚外的《文明小史》 223
・醜態畢現的文制臺見洋人 228
・反美歌謠的廣泛流傳 233
・「詩界革命的巨子」丘逢甲 239
・吳趼人的小說創作 244
・憂患餘生的《鄰女語》 248
・羽衣女士的《東歐女豪傑》 254
・《苦社會》中的旅美華工 260
・《女子權》：女性解放的呼聲 265
・過來人現身說《海上花列傳》 269
・女俠秋瑾的悲壯詩篇 273
・鄒容：「革命軍中馬前卒」 279
・情僧蘇曼殊與創譯的《慘世界》 285
・國學大師學者王國維 292
・國粹大師：伶聖汪笑儂 297
・成兆才創作的評劇劇目 301
・曲學泰斗吳梅 306
・《孽海花》的原型賽金花 311

・壯士陳天華蹈海酬國 316
・南社靈魂詩人柳亞子 322
・令人難忘的《新世說》 328
・慷慨赴義的獄中詩人甯調元 332
・江蘇詩界革命大纛：金天羽 339
・民國豪放才女：呂碧城 345
・關中美髯公：于右任 350
・黃世仲的《洪秀全演義》 356
・張元濟與《東方雜誌》 360
・辛亥革命烈士的絕命詩 365
・志士林覺民的〈與妻書〉 373
・言情作家徐枕亞和周瘦鵑 378
・題材新穎的《胡雪巖外傳》 383
・孫仁玉的秦腔短劇 386
・民主革命先驅孫中山的詩文 392

## 狂放的劉鶚與《老殘遊記》

宣統元年（一九〇九年）七月八日，一個流放在戈壁大漠新疆迪化（今烏魯木齊市）的人，忽然得了腦溢血，撲地而死，結束了自己只有五十三歲的生命。這是一個熱烈追求救國救民真理，並把它付諸實踐的實業家。他的悲慘死去告訴人們，是那個悲劇時代造成了他那樣的悲劇人物。他，就是晚清四大譴責小說之一的《老殘遊記》的作者——劉鶚。

劉鶚（一八五七—一九〇九年），原名孟鵬，後改為鶚，字鐵雲，號鴻都百煉生。祖籍江蘇丹徒（今鎮江市），後徙居淮安。他出生在一個官僚地主家庭。父親劉成忠（字子恕），是咸豐時進士，曾以御史身份，在河南汝寧、開封、歸德三府做過知府，還當過河南道兵備。在黃河流域十幾年的知府生涯，使他對治理黃河、根治水患，產生了極濃厚的興趣，也做出了顯著的貢獻，受到朝廷的嘉獎。後來，晉升為河南南汝光道，光緒元年（一八七五年）還被賞加為布政使銜。他和當時很多做官的人一樣，政餘喜歡吟詩、填詞，有詩集《因齋詩存》。這樣，在太平天國革命烽火中出生的劉鶚，從小就受到家學的薰陶，喜歡撫墨、弄泥，模仿大人修堤、築壩、治水、整河，長大成人後，也就自然地繼承了家學，鑽研起算學、醫學和治黃來了。

劉鶚在青年時代，也和當時許多知識分子相同，想走科舉的道路。光緒二年（一八七六年），也就是他二十歲那年，他興致勃勃地從河南回故鄉，參加了鄉試。誰知竟名落孫山。他乾脆放棄科舉，走自己的路。他日夜埋頭讀書，留心經世致用的學問。他憑著自己對傳統醫藥學的鑽研，背起藥箱，做起看病先生，四處行醫，解除人民群眾的痛苦；接著，還去經商，結果，錢沒有賺下，竟連本錢也都搭了進去。科場的失利，經商的挫折，使他轉而把治理黃河的水利工程當做自己新的刻苦鑽研的對象。家鄉人民的苦於黃患，父親的身體力行，極大地鼓舞他在這方面的努力。這樣，一晃就是十幾年。

光緒十四年（一八八八年），黃河在河南鄭州決口，給當地人民群眾帶來難以預料的損失。河南巡撫吳大硍焦慮萬分，聽說劉鶚在治黃上有很大的成就和能力，就招募他以同知的身份去協助自己進行這方面的工作。劉鶚欣然答應，從淮安風塵僕僕地到了治黃工地。功夫不負有心人。劉鶚這一次出馬，克勤克儉，迎風歷霜，全身心地撲在工程上。由於他恭勤技高，當年就完成了河南段的治黃水利工程，鄭州黃河大堤順利合龍，得到巡撫與群眾的很高評價，他也真正戴上了知府的烏紗帽。聲名傳到鄰近的山東，山東巡撫張曜又聘他去山東治理黃河水患，仍以同知銜任命他為黃河下游提調官。在工程中，他作了大量的調查研究與實地勘察，結果根據黃河山東段泥沙淤積堵塞河床的具體情況，力排眾議，採取了東漢時期王景的治河經驗——「束水攻沙」，取得了預期效果。後來，他還把這段工作中的親身經歷及工地上的爭辯，寫進自己的長篇小說《老殘遊記》。在這四年中（一八八八—一八九一年），治理黃河水患的成功，使他贏得了極高的聲譽。光緒十九年（一八九三年）由接任的山東巡撫福潤推薦，他到了總理衙門工作，專門負責黃河的治理工作。他成了這方面的專家，他寫的《歷代黃河變遷圖考》（十卷）、《治河七說》、《治河續說》三部治河專著，有著很高的理論價值與實用價值。

光緒二十六年（一九〇〇年）秋天，八國聯軍進占北京，到處殺人搶掠，一時造成京師嚴重的糧荒。劉鶚抱著救民於水火之中的想法，大亂後，冒著生命的危險，籌措了一批銀元，通過「救濟善會」到北京去做賑濟工作。他先從俄國人手中購買了大批太倉大米，然後賣給飢民，一時解決了許多人的吃飯問題，對穩定京師秩序，也起到應有的作用。在這次交易中，他不僅沒有賺到分文，還貼賠了萬兩白銀。在賑濟過程中，他還做了許多慈善工作。誰知這一義舉，卻遭到一些人的詆毀。

光緒二十九年（一九〇三年）到三十二年（一九〇六年），也就是在四十七至五十歲的那段時間裡，劉鶚以鴻都百煉生的化名，把自己後半生的經歷，寫成一部小說，這就是著名的《老殘遊記》。他又把自己在學術上的一些研究，寫成了《勾股天玄草》、《弧角三術》、《要藥分劑補正》、《古銅器銘文釋》等。連同其他著作，共計三十六種，涉及算學、醫學、史地、考古、古文字、金石學很多領域，表現出他的博學多識，精思殫慮，也使他成為中國近代史上很難得的一位博通古今的學者。光緒末年，劉鶚花了四年的工夫，把自己一生從醫的所見所聞，借一個別號「老殘」的江湖醫生的紀遊，寫成一本長篇小說，這就是被魯迅譽為清末四大譴責小說之一的《老殘遊記》。

老殘，其實就是劉鶚自己藝術化了的一個形象。這種藝術構思，不僅能夠避免有人把它當做一本單純的自傳體小說，也可以藉這個藝術形象，酣暢淋漓地、有重點地把自己一生從醫的所聞所見，藝術地再現出來，對世事作一番「感情」的批判。

小說是邊寫邊發表的。先是在李伯元主編的《繡像小說》半月刊上發表，接著又在《天津日日新聞》上連載，共二十回。

老殘處在一個山雨欲來風滿樓的時代，他是一個憂國憂民的愛國者。醫生的職業，使他練就了敏銳的觀察人的五臟六腑和洞悉社會的眼光，既能通過望、聞、問、切，探尋到人的肌理的病源，又對社會由表及里，由外及內地觀察，深邃洞悉，絲毫不爽。他是把自己所處的時代與社會，始終當做一個人來看待的。

老殘搖著串鈴，到了濟南府，遊歷了城中的歷下亭、鐵公祠，後來，還在大明湖聽了當地著名說書藝人王小玉姊妹的精彩說書，還游了濟南七十二泉中的第一泉趵突泉和其他四大名泉，後來，還給一位姓高的撫院文案的小妾看過病。無意中，在一家飯店，聽掌櫃的講「清官」玉賢的故事。為了沿路打聽玉賢的「政績」，他緩緩而行，細心察訪。回到客棧，他在油燈下，把老董談的玉賢的故事，記了下來。

後得知真相後，老殘不覺怒髮衝冠，恨不得立刻將玉賢殺掉。他把玉賢的所作所為，寫信告訴給「求賢愛才若渴」的宮保，宮保卻為了自護其短，仍然保住這個為急於做大官，要取得好名聲，便不惜殘害良民，任上不到一年，就用站籠站死兩千多人的劊子手。

在齊東縣，老殘又碰到一個「清官」，他就是「清廉的格登登的」剛弼。他剛愎自用，主觀武斷；自稱不愛錢，實際上卻是個鑽到錢眼裡去的傢伙。在審理魏氏一案時，他先接了人家「一千兩銀票子」，還說：「這麼大個案情，一千銀子哪能行呢？」結果，就索取了人家六千五百兩銀子。接著，就根據那銀子，臆斷魏氏是十三條人命大案的被告人，於是，一再嚴刑拷逼，屈打成招，造成了一樁令人髮指的冤案。這就是遊記第十六回所寫的「六千金買得凌遲罪」。正是這些千古奇冤和無數條人命的鮮血，染紅了清末一些「清官」的紅頂子！

上梁不正下梁斜。玉賢和剛弼，都是宮保這個封疆重吏的得意門生，也是「求賢若渴」地「求得」的賢才、幹將。他自己也曾在治黃中，由於失策，而造成兩岸十幾萬老百姓家破人亡，流離失所。遊記雖然沒有去集中記述，但那寥寥的幾段筆墨，卻也使我們清楚地看到他骯髒的內心，醜惡的面孔。這樣，玉賢、剛弼與宮保三個，共同構成了遊記中一組難得的「清官」的藝術形象。我們雖然不能說，它是中國小說藝術世界裡最早的這類藝術創造，卻完全可以肯定地指出：它們是中國近代小說史上三個十分難得的藝術形象。無怪乎，劉鶚在第十六回的自評中說：「贓官可恨，人人知之；清官尤可恨，人多不知。蓋贓官自知有病，不敢公然為非；清官則自以為我不要錢，何所不可，剛愎自用，小則殺人，大則誤國。吾人親目所睹，不知凡幾矣。」又說：「歷來小說皆揭贓官之惡，有揭清官之惡者，自《老殘遊記》始。」

遊記，就是要記作者遊歷途中的所見所聞。老殘的遊記，雖然用了較多的筆墨，記述了對上述幾個「清官」的耳聞目睹，但卻絕不僅限於此。因為他還記述了治河過程中圍繞治黃方案的爭辯，黃河水災給人民群眾帶來了災難，河邊女子翠花、翠環的淪為娼妓，桃花山遇虎，柏樹峪的訪賢，納楹閒訪百書城，與璵姑的品茗談心，論琴議「理」，以至自己夢中破船上與乘客的論辯，等等。

人們哪會知道，在八國聯軍屠城、都人苦飢的時候，做了那麼多有益於人民群眾好事的劉鶚，竟被剛毅、袁世凱等一批頑固派誣衊為「通洋」、「賣國」的「漢奸」。光緒三十四年（一九〇八年）被逮捕下獄，同年又被流放到新疆。次年，這位「放曠不守繩墨」的學者、文學家，竟死在流放之地。老殘是個淡泊平生、搖串鈴的江湖遊醫。他的遊記，就是他通過望、聞、問、切對人和社會所作的診斷，他的憂患意識和時代使命感，也自然體現在上述的「四診」中間。

# 會唱人間神曲的藝人白妞

《老殘遊記》在藝術上有許多為人稱道的地方，尤其是第二回的王小玉說唱「梨花大鼓」，真是妙極了。只要是讀過這部小說的人，沒有人能忘掉這段的。你看，王小玉又在我們的眼前出現了：

正在熱鬧哄哄的時節，只見那後臺裡，又出來了一個姑娘，年紀約十八九歲，裝束與前一個毫無分別，瓜子臉兒，白淨面皮，相貌不過中人以上之姿，只覺得秀而不媚，清而不寒，半低著頭出來，立在半桌後面，把梨花簡丁噹丁幾聲，煞是奇怪：只是兩片頑鐵，到他手裡，便有了五音十二律似的。又將鼓槌子輕輕的點了兩下，方抬起頭來，向臺下一盼。那雙眼睛，如秋水，如寒星，如寶珠，如白水銀裡頭養著兩丸黑水銀，左右一顧一看，連那坐在遠遠牆角子裡的人，都覺得王小玉看見我了；那坐得近的，更不必說。就這一眼，滿園子裡便鴉雀無聲，比皇帝出來還要靜悄得多呢，連一根針掉在地下都能聽得見響！

王小玉便啟朱唇，發皓齒，唱了幾句書兒。聲音初不甚大，只覺入耳有說不出來的妙境：五臟六腑裡，像熨斗熨過，無一處不服貼；三萬六千個毛孔，像吃了人參果，無一個毛孔不暢快。唱了十數句之後，漸漸的越唱越高，忽然，拔了一個尖兒，像一線鋼絲拋入天際，不禁暗暗叫絕。……恍如由傲來峰西面，攀登泰山的景象：初看傲來峰削壁千仞，以為上與天通；及至翻到傲來峰頂，才見扇子崖更在傲來峰上；及至翻到扇子崖，又見南天門更在扇子崖上：愈翻愈險，愈險愈奇。

那王小玉唱到極高的三四疊後，陡然一落，又極力騁其千迴百折的精神，如一條飛蛇在黃山三十六峰半中腰裡盤旋穿插，頃刻之間，周匝數遍。從此以後，愈唱愈低，愈低愈細，那聲音漸漸的就聽不見了。滿園子裡的人，都屏氣凝神，不敢少動。約有兩三分鐘之久，彷彿有一點聲音從地底下發出。這一出之後，忽又揚起，像放那東洋煙火，一個彈子上天，隨化作千百道五色火光，縱橫散亂。這一聲飛起，即有無限聲音俱來並發。那彈弦子的，亦全用輪指，忽大忽小，同他那聲音相和相合，有如花塢春曉，好鳥亂鳴。耳朵忙不過來，不曉得聽那一聲的為是。正在繚亂之際，忽聽霍然一聲，人弦俱寂。這時，臺下叫好之聲，轟然雷動。

這段描寫，真是妙筆生花，臻至妙境、極境。

劉鶚先是通過老殘的見聞，從側面又是由遠及近地寫出白妞說書的舉國若狂，吸引得讀者急切地也想親自一睹這個藝人的鳳姿，領略一下她的風采，感受她的藝術魔力。接著又寫了琴師絕妙的彈奏，引出了黑妞的令人嘆為觀止的演唱，接著的兩段，看來好像是寫黑妞的藝高一籌，無與倫比，實際上是通過她的「字字清脆，聲聲宛轉，如新鶯出谷，乳燕歸巢」，烘雲托月式地讓白妞這個還未出場的人物，在人們心中引發出一種至精至美、璀璨奪目的想像。殷切的願望，終於得到滿足，白妞登場了。寫她的外貌，著重描繪她的一雙黑白分明、光彩灼人的眼睛，一顧一盼，充滿魅力，讓場上所有的觀眾都覺得她在看自己。寫她的演唱，更是不同凡響。作者把聽覺藝術的音樂審美特徵，巧妙地融入視聽共享的心靈感受和感官享受加以描繪，體貼入微。一連串的比喻，貼切的生活感受，能夠欣賞音樂藝術的耳朵，都給人一種實在的美學享受。有如作者所說，「五臟六腑裡，像熨斗熨過，無一處不服貼；三萬六千個毛孔，像吃了人參果，無一個毛孔不暢快」。作為時間藝術的音樂，這個時候，有了空間。時空的結合，也妙不可言。接著層次分明的描寫，更使人陶醉，心領神會，進入「神品」。那登泰山的傲來峰、扇子崖和南天門的形象比喻，又把前者的空間，推廣到六合的仙境，步步升遷，越升越高、越險，越險，也就越奇。歌唱的由低漸高，尤其是那「拔了一個尖兒」，使人領略到險峰的無限風光，聲樂美的感受也隨之具象化。後面寫白妞演唱的由高轉低，又由極高到忽然的一落，也使整個藝術空間充滿美妙的歌聲。聽眾的迴腸盪氣，又和空間音樂的盤旋迴蕩，水乳交織，融為一體。最後的愈唱愈低，愈低愈細，以至就聽不見了，又把聽眾帶入「此時無聲勝有聲」的藝術境界。空間裡妙音的迴響和全用輪指的彈奏，相和相合，使滿園子都屏氣凝神、不敢少動的人們，又感受到有一點聲音從地底下發出。這裡時間藝術與空間藝術不動聲色的融合，心靈的感受與藝術感染的有機結合，音樂意象與比喻中的具象不斷重複與重疊，聽覺藝術與視覺藝術的反復交融，使人們都自然地進入音樂境界，享受著高度綜合藝術的美，品嚐著「只有天上有」的白妞說書藝術。

說起劉鶚對音樂的獨到描寫，不由讓人們想起他在這方面的努力與追求。他從小就十分喜好這門藝術，還從名家學習過音樂。他母親朱太夫人精通音律，二姐鮑氏也善彈琴，繼室鄭氏也能度曲。他曾經拜勞泮頡、張瑞珊為師，琴藝很精。他彈的〈平沙落雁〉、〈廣陵散〉都很有特色。在指法上，又能鉤、挑、抹、剔共用，吟揉更是出色。音樂藝術上的這些修養與成就，自然為他描寫白妞的唱梨花大鼓，提供了他人無法超越的條件。另一方面，劉鶚對自己描寫的對象白妞和她的說書，也曾作過一番深入的研究。白妞是光緒初年濟南的一位著名藝人，少年時曾跟隨賈鳧西學鼓兒詞，經常在大明湖明湖居演出，傾動一時，人稱她是「紅妝柳敬亭」。後來，拜當地藝人郭大妮為師，並創造了梨花大鼓的支彩棚、設場演出，當時叫做「新曲」、「新聲競奏」，也使梨花大鼓發展到一個新的階段。白妞真名叫小玉，是一個真人。作為《老殘遊記》中的藝術形象，作者的神來之筆，顯然與他對音樂的獨有所鍾有著十分密切的關聯。此外，第十回對於黃龍子、璵姑、扈姑、勝姑的那些美妙的彈奏的描寫，恐怕都與他的精通音樂，有著不言而喻的聯繫。

# 李寶嘉與《官場現形記》

《官場現形記》是晚清四大譴責小說中成就最高的一部，也是這方面的代表作。它集中地暴露了封建社會崩潰時期統治機構內部的極端腐朽，揭示出歷經幾千年的中國封建社會必將滅亡的命運，顯示出批判現實主義風格的巨大藝術魅力。作為第一部譴責小說，它影響了當時整個小說創作，推動了晚清小說的繁榮昌盛。一時接踵者，魚貫而從，熙熙攘攘，好不熱鬧，從而形成了一個「批判現實」的洪流。作品數量之多，也是空前的。

李寶嘉（一八六七—一九〇六年），字伯元，別號南亭亭長。江蘇武進（今常州）人。三歲喪父，由曾在山東任知府的伯父李翼清撫養長大。李翼清是一個比較清廉正直的地方官，把李寶嘉當做自己的親生兒子一樣對待，「督教甚嚴」。伯元也很爭氣，愛學習，又肯下苦功。

光緒十八年（一八九二年），二十六歲的李寶嘉由山東回家鄉應童子試，結果以全縣第一名考中秀才，受到人們普遍的讚賞和羨慕。接著，他又參加鄉試，卻累試不第。他覺得自己好像不是走科舉道路做官的材料，也不想把自己畢生的精力都花在那個上面；再加上伯父去世後，整個家境得靠自己支撐，就決定去上海闖蕩天下。

李寶嘉的《官場現形記》共六十回，最初發表在作者自己主編的《世界繁華報》上。全書寫了三十多個官場的故事，集中地暴露了清末官場的種種罪惡，諸如徇私舞弊、諂媚鑽營、腐敗墮落、嚴酷暴虐、昏聵糊塗，都通過作者的筆，顯露在世人眼前，從而徹底撕下了他們金碧璀璨的遮羞布，亮出了他們的原形。這部小說所寫，涉及當時十八個省的十一個省市大小官吏百餘人，上自當朝太后、皇帝，下至佐雜小吏，其間包括軍機大臣、太監總管、總督巡撫、知府知縣、統領管帶，應有盡有，幾乎包括了整個封建國家機器裡的各階層官員。

李寶嘉用他那充滿感情的寸管、辛辣的筆鋒，把我們帶進了晚清的官場。在這裡，我們親眼看到那個以權為核心、以官為本位的官場中的種種醜惡行徑，真叫人眼花繚亂，目不暇給。在這裡，我們看到了那麼多的大小官員為了升官發財，不擇手段地賣官鬻爵。用他們的話說，就是「千里為官只為財」。這樣，整個官場實際上成了以「官階」為商品的商場，只要有錢，什麼品級的官階都可以買到。黃胖姑說：「一分錢一分貨，你拚個大價錢，就有大官做。」

（第二十五回）金錢的多少，決定官階的高低。巡撫的價是二十萬兩白銀，道臺為五十萬兩。為什麼有些人肯花錢買官，就是因為這中間的「利錢頂好」，幾乎是一本萬利，享受無窮。有如黃二痲子說的：「統天下的買賣，只有做官利錢頂好。」（第六十回）無賴市儈田小辮子也說：「任他缺分如何壞，做官的利息總比做生意的好。」（第三十一回）這種頂好的利錢又如何能搞到手？那手法就「繁花似錦」了。可是從那些當上官的人來看，主要方法還是收受賄賂和貪汙。軍機大臣華中堂為了受賄的方便，竟在京城開了一個古董店，凡想走他「後門」的人，都要先在這個古董店裡買上幾件古董，而且他要多少，就得給多少。賈大少爺為了弄到一個補缺，一次就給這位大臣一萬八千一百兩銀子；浙江的欽派大臣童子良，用恫嚇方式收賄兩萬兩。他們手法五花八門，以至達到不擇手段的地步。就連那最下層的佐雜錢典史，也深知此中的奧妙和高利錢，對同行自白道：「你不要看輕這典史，比別的官都難做。做到順了手，那時候給你狀元，你還不要呢！」（第二回）正因為他們做了官，就可以盡情搜刮民脂民膏，大把大把地撈錢；如果做了大官，除上述伎倆的施展外，還能夠再賣官爵。如此循環往復，惡性發展，整個國家成了一個賣官鬻爵、權錢交易、貪贓受賄的大商場。連老佛爺慈禧太后都毫不諱言地說：「通天底下一十八省，哪裡來的清官。但是御史不說，我也裝作糊塗罷了；就是御史參過，派了大臣查了過，辦掉幾個人，還不是這麼一件事。前者已去，後者又來，真正能夠懲一儆百嗎？」太監總管說太后的這些口諭「是明鑑萬里的」。（第十八回）好一套官場哲學！

看過以官階為商品的交易市場後，我們再看看官場的所作所為。地鄰京師的山西巡撫奉旨去太原賑濟，面對赤地千里、餓殍載道、草根樹皮都扒吃光了、人吃人的情況也到處可見的慘狀，他竟為了中飽私囊，乘機吞吃賑濟款項。（第三十四回）胡統領被派往嚴州剿匪，他先是怕送命，故意一路耽擱，拖延進兵日程，後來得知「賊」已退盡，反倒耀武揚威，催兵進發，「縱容兵丁搜掠搶劫起來；甚至洗滅村莊，姦淫婦女」，然後又「奏凱班師」，抓些良民充做強盜，回去邀功請賞，藉以謊報軍餉三十八萬兩銀子。老百姓憤怒控訴說：「官兵就是強盜，害得我們好苦呀！」（第十四回）

接著，我們再看看他們披著的人皮下面的靈魂吧。這裡有武官砲船管帶，為了能夠保住自己騙來的這個官位，竟把自己的親生女兒獻給上司，供其玩弄，又怕女兒不從，就同小老婆密謀設圈套逼女兒去做。當女兒被逼答應了這場人肉交易後，他竟趴在地下給女兒磕頭謝恩，感激涕零地說：「我這條老命全虧是你救的！將來我老兩口子有了好處，決計不忘記你的！」一場多麼精彩的舍女保官的醜惡表演！道貌岸然的浙江署理撫臺傅理堂，一向以清政府欽點的宋明理學為護身符，還標榜自己是一個「理學家」，他不僅大肆貪汙，在生活上也極端腐敗骯髒。口上說「慎獨」是自己祖傳的家訓，卻公開嫖娼蓄妓，和妓女生下孩子後，又逃之夭夭。當那妓女抱著孩子找上門時，他竟以自己是「講理學的人」，翻臉抵賴，不認她們母子。他的親信楊昇向他說明這個女人要告他時，他既害怕，又捨不得花錢給她們一筆撫養費。後來，竟是楊昇從別人處搞到六千兩銀子，才了結了這一案子。（第二十二回）多麼糜爛的生活和骯髒的靈魂！巡撫的官階、理學家的信譽，也無法掩蓋住。還有那候補知縣瞿耐庵，為了給自己的升遷打開方便之門，當上一個知縣，就請和尚拉縴，居然讓自己雞皮鶴髮的妻子，拜一個巡撫九姨太太的黃毛丫頭寶小姐做乾娘。為什麼？因為這個年方妙齡、花枝招展的寶小姐同巡撫有染，又十分得寵，他就由這個寶小姐從枕頭上打通了關節，當了知縣。（第三十八回）官迷心竅，神魂顛倒，真是寡廉鮮恥到極點。

如果我們把李寶嘉的《官場現形記》，當做一部晚清官場的「西洋鏡」來對待，除了看到前面那些鏡頭外，還可以看到那些官僚在洋人面前的一系列表演。這裡，有兩江總督派去專門迎接洋人的蕭長貴管帶，他一見洋人，就趴跪在地上，像叩拜至高無上的皇帝一樣，雙手捧著自己的履歷，拉長聲調報告自己的官銜、姓名，一字不漏，畢恭畢敬。（第五十回）海州州判刺老爺見到洋人，全身索索打顫，雙腿發軟，靈魂出竅，心裡想的是「將來外國人果然得了我們的地方」，「沒有官，誰幫他治理百姓呢？」所以，他就拿定主意，確保自己的官位，想的是「他們要瓜分，就叫他們瓜分」。甘心情願做一個哈巴狗奴才，出賣自己的祖宗。（第五十五回）還有那文制臺對法國領事的卑躬屈膝、六神無主、百般討好（第六十回）等等。

在李寶嘉的博學多才的創作中，譴責小說不僅是他開闢的新天地，也表現出他相當高的藝術修養；他是晚清第一位譴責小說家，也是這一潮流的代表人物。《官場現形記》是他這方面的代表作品。

李寶嘉卒於不惑之年，在他彌留之際，手中還握著筆。人離去了，事業卻沒有完成。死後，因無兒女，一切都由族人料理，葬在江蘇常州清涼寺附近。繼室莊竹英也只帶回他的三箱書籍。

## 譴責崇洋媚外的《文明小史》

光緒二十七年（一九〇一年），喪權辱國的〈辛丑條約〉簽訂後，處於風雨飄搖中的清政府，為了緩和日益激烈尖銳的階級矛盾與民族矛盾，竟也張揚起變法維新和實行新政的旗來。一時間，原來曾被慈禧太后殘酷鎮壓下去的維新變法活動，竟成為當時的一種社會風尚，也給了一些投機分子升官發財的有利機會。「新學」、「新政」鬧得「沸反盈天」，就像「那太陽要出、大雨要下的風潮一樣」。就在這一時期，曾經寫過《官場現形記》的李寶嘉，又不失時機地在光緒二十八年（一九〇三年）到光緒三十年（一九〇五年）出版的《繡像小說》半月刊的第一號至第五十六號上，刊出了自己的又一部揭露官場醜惡的長篇小說《文明小史》。為那些文明世界中變法維新的「功臣」們樹碑立傳，「將他們表揚一番，庶不負他這一片苦心孤詣」。

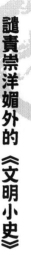

《文明小史》集中描寫了一些假維新分子的所作所為。這些人物有康大尊、魏榜賢、劉禮齊、黃國民、佘西卿、黃昇等。他們滿口新名詞，打著「維新」的招牌，到處招搖撞騙。他們都是些社會大變動時期漂浮在社會上的「油花花」、新舊思想矛盾衝突中的跳梁小丑，在骨子裡壓根兒就反對一切新思想、新人物、新事物、新文化，所以就興師動眾查封新報刊、新書籍，凡是不合他們胃口的書，一律視之為洪水猛獸，全部燒毀；他們裝腔作勢、自欺欺人。一句話，李寶嘉在這本小說中，是以揭露和批判的態度，對他們加以描寫的。從類型上說，基本上包括了封建官僚、維新黨和帝國主義侵略者，他們活動的地域也十分廣闊，但全書卻沒有固定的主人公。

《文明小史》寫得精彩的，是關於湖南的十幾回，占全書六十回的將近五分之一。有一段是寫湖南永順縣因打了一個洋人的洋瓷杯子所引發的一次群眾鬥爭。

永順僻處邊陲，山多水少，又與外界長期隔絕，民風樸陋。一天，省裡派了洋人來這裡勘察礦山，住在飯店裡。不知怎的一個洋瓷杯子被打碎了。地保認為這是一樁不得了的案子，馬上報告知府柳繼賢，柳大驚失色，不僅拘押了地保和店小二，還將正在進行的武考也停止了，並親赴飯店向洋人賠禮道歉。考生們覺得停了考試，將影響自己的前程，又怕洋人開礦壞了永順一縣的風水，掘掉他們的祖墳，就集合起來，在一個舉人的帶領下去打洋人，打首府，逼商人關門閉市。李寶嘉關於考生打首府的描寫是這樣的：

柳知府正在為難的時候，只見門上幾個人慌慌張張地來報，說有好幾百個人，都衝進府衙門來，現在已把二門關起，請金大老爺就在這裡避避風頭。金委員連連跺腳，也不顧柳知府在座，便說：「倘若他們殺死外國人，叫我回省怎麼交代？」柳知府也是長吁短嘆，一籌莫展，眾家丁更是面面相覷，默不作聲。裡面太太小姐，家人僕婦，更鬧得哭聲震地，沸反盈天。外頭一眾師爺們，有的想跳牆逃命，有的想從狗洞裡溜出去。柳知府勸又不好勸，攔又不好攔，只得由他們去。聽了聽二門外頭，那人聲越發嘈雜，甚至拿磚頭撞的二門冬冬的響，其勢岌岌可危。暫且按下。再說高升店裡的洋人，看見金委員自己去找柳知府前來保護，以為就可無事的了。誰知金委員去不多時，那學裡的一幫人，恰恰趕來。幸虧店裡一個掌櫃的，人極機警，自從下午風聲不好，他便常在店前防備。還有那營裡縣裡預先派來的兵役，也叫他們格外當心，不可大意。當下約有上燈時分，遠遠的聽見人聲一片，蜂擁而來，掌櫃的便叫人進店，把大門關上，又從後園取過幾塊石頭頂住。又喜此店房屋極多，前面臨街，後面齊靠城腳，開開後門，適臨城河，無路可走。唯右邊牆外，有個荒園，是隔壁人家養馬的所在，有個小門，可以出去。那洋人自從得了風聲，早已踏勘明白，預備逃生。說時遲，那時快，只聽外面人聲，愈加嘈雜，店門兩扇，幾乎被他們撞了下來。掌櫃的從門縫裡張了一張，只見火把燈籠，照如白晝，知道此事不妙，連忙通知洋人，叫他逃走。洋人是已經預備好了的，便即擯去輜重，各人帶一個小小的包裹，爬上梯子，跳在空園。（第三回）

從這段描寫中，我們不僅了解到李寶嘉小說藝術描寫的細膩、精到，「極盡繪色繪聲之妙」，也看到當時人民群眾抗擊帝國主義侵略者情緒的高漲，洋人在群眾力量面前的顫抖和柳知府等地方官員崇洋媚外的醜態。

《文明小史》中關於一些官僚媚洋懼外的描寫，不僅篇幅很大，而且十分醒目。書中所寫湖北巡撫萬某、安徽巡撫黃昇就是這方面的典型。這也是對《官場現形記》的補充。對維新黨人的描寫，幽默的諷刺多於正面描寫，指出他們也是沒有出路的。

李寶嘉的另一部小說《活地獄》，四十三回，是專門寫州縣衙門的腐敗和黑暗的。書中比較深刻而全面地揭露和抨擊了清王朝下層官僚對廣大人民的敲詐勒索、欺壓凌辱。阿英《晚清小說史》認為它是「一部非常重要的社會史料書，中國監獄史」。讀後，令人的確清楚地感覺到中國近代的監獄黑暗、酷刑慘毒，行將滅亡的封建統治階級的百倍瘋狂。其價值也在於它是第一部這樣的小說。

李寶嘉還有一部十二回的《中國現形記》，專門反映清王朝實行新政時期官場的黑暗與腐敗。其中描寫治黃工程中官吏的營私舞弊、貪汙索賄、上下勾結、肆無忌憚，相當精彩。朱侍郎的藝術形象，有一定的深度和典型性，時代特點也很濃厚。

可惜這兩部小說，都因為作者在創作上的殫精竭慮、積勞成疾，遂致不起而未完稿。

# 醜態畢現的文制臺見洋人

道光二十年（一八四〇年）以來，由於清廷政治的腐敗，對外戰爭又屢屢失利，再加上外交上的失敗，清政府同帝國主義列強侵略者簽訂了一系列喪權辱國的賣國條約，割讓出大片大片的領土，中國也由一個自主的國家逐步變成半封建半殖民地國家。平日騎在廣大人民頭上作福作威的封建官僚老爺們，這個時候也變得奴顏婢膝起來。他們高叫「寧贈友邦，勿與家奴」，拜倒在洋人的腳下，成為洋奴才。他們中的許多人，上自內閣大學士、欽差大臣，下到州、府、縣的一些官員，一見洋人就嚇得發抖。李寶嘉的《官場現形記》在揭露抨擊「千里做官只為財」的同時，也指陳出一些官員在洋人面前的媚骨、醜態。第五十三回〈洋務能員但求形式，外交老手別具肺腸〉，所寫江南制臺文明，正反映出這一歷史真實。這個文制臺，胸無點墨，但卻官架子十足；平日鼻孔朝天，自認為「隨你是誰，總不能蓋過我」；吃飯時，無論什麼客人來拜，他都不準巡捕來報告。

「文制臺見洋人」，貫串在三件事情上：一是某藩臺因一件公事要向他請示報告，竟被哄罵了出去；二是淮安府知府上省稟見制臺，報告地方上發生的兩起關係洋人的案件，向他請示查辦的辦法；三是一個外國領事前來向制臺抗議在領事公館旁邊處死一名親兵的事件。李寶嘉對這三件事作了巧妙的藝術處理，把淮安知府向制臺稟告案件的事，分別安排在藩臺晉見制臺大人之後和洋人前來抗議的前後，使制臺在待人處事上的不同態度，形成鮮明的對比。情節跌宕起伏，活現出文制臺的種種醜態，極富喜劇色彩，讀起來引人入勝。

兩江總督（正二品）文明接見藩臺（布政使，從二品）的經過。概括了這位文制臺的脾氣：「無論見了什麼人，只要官比他小一級，是他管得到的，不論你是實缺藩臺，他見了面，一言不合，就拿頂子給人碰，也不管人家臉上過得去過不去。藩臺尚且如此，道、府是不消說了，州、縣以下更不用說；至於在他手下當差的人甚多，巡捕、戈什，喝了去，罵了來，輕則腳踢，重則馬棒，越發不必問的了。」為了進一步形象具體地展現這位制臺大人的這種等級森嚴、以大欺小的老官僚的性格，作者緊接著就描寫了藩臺前來謁見時他的一番表現。你看，他把藩臺呈給他的手折看也不看，「順手往桌上一擱」，說：「那裡還有工夫看這些東西」，「你有什麼事情，直截痛快地說兩句罷。」當藩臺按捺住性子，擇要陳說公事時，他卻又不耐煩地打斷人家的話頭，掉頭同別人說話去了。這就揭示出制臺的濫擺官勢、怠惰腐朽、玩忽職守的官僚本質。

小說緊接著又詳細地描寫了文制臺接見淮安府知府的經過。制臺對這位來見的四品官，更不在話下，不放在眼裡，他故意挑剔淮安知府手摺上的字寫得太小，把它摔在地下。但這位翰林出身做過京官御史的外放官吏，是見過世面的。他從地上拾起手折時，還頂碰了制臺幾句，說「皇上取的亦就是這個小字」，還說了手摺的內容是地方上發生了兩宗與洋人有關的案件。一件是地方上的壞人賣給洋人一塊地給洋人開辦玻璃公司；一件是一個洋人到鄉下討債逼死了人命。這樣制臺大人「大驚失色」，戴上眼鏡看起折子，看後，竟將這兩件事都歸罪於地方官吏和中國老百姓。小說通過這段描寫，生動、真切地反映出清廷官僚對下屬驕橫傲慢、對洋人萬分害怕的兩重性格。

淮安知府剛走，地方上的兩樁涉及洋人的案子還沒解決，文制臺正在焦急不安、憂心忡忡的時候，外國領事卻前來向制臺提交抗議。制臺先進行一番訓斥，又表現出他對自己下屬的蠻橫：

> 文制臺早已瞧見了，忙問一聲：「什麼事？」巡捕見問，立刻趨前一步，說了聲：

「回大帥的話，有客來拜。」話言未了，只見啪的一聲響，那巡捕臉上早被大帥打了一個耳刮子。接著聽制臺罵道：「混賬忘八蛋！我當初怎麼吩咐的：凡是我吃著飯，無論什麼客來，不准上來回。你沒有耳朵，沒有聽見？」說著舉起腿來又是一腳。那巡捕捱了這頓打罵，索性潑出膽子來，說道：「因為這個客是要緊的，與別的客不同。」制臺道：「他要緊，我不要緊！你說他與別的客不同，隨你是誰，總不能蓋過我。」巡捕道：「回大帥：來的不是別人，是洋人。」那制臺一聽洋人二字，不知為何，頓時氣焰矮了大半截，怔在那裡半天。後首想了一想，驀地起來，啪的一聲響，舉起手來，又打了巡捕一個耳刮子。接著罵道：「混賬忘八蛋！我當是誰，原來是洋人！洋人來了，為什麼不早回，叫他在外頭等了這半天？」

小說的這段描寫，把制臺大人一副卑賤的奴才相刻畫得活靈活現。他穿戴好衣帽站在滴水檐前去迎接領事，並隨機應變地應付了過去。但他卻早已駭得一身大汗，臉上、身上擦了好幾把手巾。作品正是這樣地通過制臺會見外國領事、處理地方上發生的關係洋人的案件，刻畫出清末官僚在洋人面前喪盡民族氣節、極力討好獻媚的醜態，揭露了反動統治階級對侵略者妥協投降的罪行。

第五十八回所寫總理衙門一個「資格最老，經手辦的事也頂多」的張大人，也是一個完全喪失民族自尊心、以做洋奴才為榮的官吏。他在向同僚們介紹與外國人打交道的經驗時就說：「從來沒有駁過他的事情。那是萬萬拗不得的，只有順著他辦。」後來，李寶嘉在寫《文明小史》時，對這種官僚媚洋懼外心理又作了補充。如湖北巡撫萬某，特別吩咐門上：「遇有洋人來見，立時通報請會，不得遲延！」一天，有位中國學生，「卻是剪過頭髮，一身外國衣褲，頭上一頂草邊帽子，恰巧他這人鼻子又是高隆隆的，眼眶兒又是凹的，體段又魁梧，分明一個洋人」。門上急速回過萬巡撫，誤以為是洋人，萬巡撫就急忙去接見。

文制臺在洋人面前的醜態，活畫出清末官僚們普遍的媚洋懼外的社會心理，成為半封建半殖民地社會中一個地道的洋奴才。他們在老百姓面前施展淫威，張牙舞爪，可是見了洋人就嚇得六神無主，百般討好，實在可鄙。正如《官場現形記》結局部分說的：「狗是見了人就咬，然而又怕老虎吃他，見了老虎就擺頭咬尾巴的樣子，又實在可憐。」文制臺與書中的兵輪管帶蕭長貴、海州州刺等，都是同一類媚外懼洋的狗性人物。

## 反美歌謠的廣泛流傳

大約在百年前，東南沿海便有了反美歌謠的流傳。當年，在美國的十餘萬華僑華工為了爭取合法居留權和生存權，進行了聲勢浩大的鬥爭。因為他們是那樣的不幸：

岸邊有木屋，就是唐人監，華人一到此，就得關這監，凌虐千百般，在（隨）你死共生，就傷心，剁（想）啼哭，也毛乞（不讓）你做聲，哎呵我弟兄，哎哎呵。

這是作家冰心在童年背的一首在福建一帶流傳的歌謠，描寫的是在美華工的悲慘生活。大約也是這樣的藍天白雲，也是出國機構前擁擠的人群，也是懷著同樣的美國夢，一百年前，三十萬的衣衫襤褸的農民，為生活所迫遠離家鄉，去洋人宣傳的所謂「黃金之國」。現實打碎了他們的夢，等到的是奴隸一般的壓榨和剝削。「地位等於奴隸，工資比本地人少一半，納稅比任何人都多。」這就是他們的美國夢。當時他們所做的工作，都是最艱苦困難、白人又不願意幹的工作。一八四九年的舊金山淘金熱，一八六五年修築貫通全美的鐵路，開鑿運河，修築堤岸，全都留下了他們的血汗。即使這樣他們也仍難以容身：

真正係苦，我地華工，謀生無路，逼住要四海飄蓬。離鄉背井，走去求人用，不過想覓蠅頭，豈想敢話做個富翁。點估外國工人，嫌我地日眾。渠活土人權利，失去無窮。故此想禁華工，隨處煽動。想得趕絕我華人，不准在渠慨埠中。試想在本國即係甘艱難，來到外埠又甘苦痛。真正系地球雖大，無處可把身容。今日我聽到續約問題，心甚慟。唉！愁萬種，熱血如湧。但得漢人光復呀！重駛也遠地為傭。

這是一九〇五年廣州《有所謂報》發表的一首「反美華工禁約」歌謠。這首歌謠，指出了華工因為國內「謀生無路」，被逼去海外做工，又受到當地工人排斥，走投無路的悲慘境遇。當然，在當時條件下，作者不可能理解美資本家為緩和國內階級矛盾而煽動美國工人排華的反動實質，但作者已明確指出，只有進行革命，推翻清朝，才是解決國內的政治壓迫、消除華工流浪他鄉的原因。語言樸素，沒有華麗的詞藻，是一首好歌謠。

一九〇五年，正是「反美華工禁約」鬥爭爆發的那一年。儘管在美的三十萬華工在惡劣環境下忍受疾苦，拚命工作，可是，當經濟危機到來的時候，他們又成了社會經濟矛盾的替罪羊。一八七九年，在加利福尼亞的憲法中，竟首次公開規定了排斥華工的條文，資本家煽動種族歧視的街頭鬧劇，竟演變成為白紙黑字的法律。到一八九四年美國政府與清政府簽訂「中美華工條約」，條約為期十年，到一九〇四年一二月期滿。條約根據一八八六年北京條約，同意限制華工，並可隨時定出禁例限制華工，不受條約限制。這一喪權辱國的條約簽訂後，美國竟得寸進尺，把限制擴大到商人、留學生，甚至外交官。在美華僑，動輒得咎，無法生存。種種侮辱虐待，大大傷害了僑胞的自尊心，他們紛紛回國，由在美的三十幾萬人下降到十幾萬人。一九〇五年，條約到期，在美華僑為了反抗種族歧視，請求清政府拒訂續約，清政府與美交涉後，遭美拒絕，美國施壓迫使清政府就範。這就引起了全國人民的憤怒。上海總商會號召全國抵制美貨，一場以抵制美貨為主的各種形式的抗議活動在全國展開。

在文化藝術界，各種以抗議內容為主的詩歌、小說、散文、民謠大量湧現。它們的出現發動了群眾，鼓舞了鬥志。特別是這一時期的民謠，由僅僅限於表述男女的愛情生活改變為訴說苦難、揭露敵人、激勵士氣的有力宣傳武器。而這一鬥爭形式，又以閩粵民謠為代表，數量也最多。像最長的有兩卷本的《抵制美國》，上卷演唱中國工人在美被虐情況，下卷宣傳抵制美貨。在當時的影響還是大的。又有〈海幢寺急口令〉、〈吊煙仔龍舟歌〉等，也都是傳誦一時之作。

提起說唱文學、民謠方面不能不提到《有所謂報》、《廣東日報》和《時事畫報》，這三家報紙是民謠及說唱文學的主要陣地，影響很大。如九月七日的《有所謂報》上署名「嫉惡」者發表的〈拉人〉，即是一例：

> 巴不得渠地抵制，乜又要拉人？莫不是中國唔曾弱到十分。此事自有國以來最「起粉」（方言，指有體面）。況且列名「懷葛」（抵制譯音），古有明文。做乜事立亂拉人揾的咁咁來混；膽小之人，就噲被你嚇親。雖則拉入官衙，不過有句話問；總係愚賤無知噲捉錯用神。萬事無憂，只怕撩起公憤，個時激變，就噲亂紛紛。勸你慢慢想真，唔好咁「鬥（蟲筋）」（方言，指逞強），真混沌，做乜叫起手就拉人，顛得咁勻。

逮捕拒約會員馬、潘、夏三人事件，在當時引起人民的公憤，《有所謂報》及時通過

〈拉人〉諷刺、鞭撻了清政府官吏，表現了人民的憤怒，一時傳唱於大街小巷，對事件的解決起了很大的作用。

《廣東日報》附刊《一聲鐘》中發表〈除是無血〉，原文如次：

除是無血，邊得語唔嬲。君呀！你睇嚇花旗，幾毒慨計謀，條條禁約，總總唔相就，要把我的華人，逐個個去收。計嚇二十年來，個的鹹苦捱夠。望到呢陣從新訂約，點好重愛惜喉嚨。快的商量抵制，開嚇同胞口，有四萬萬人聲，不必靠到滿州。第一要把渠貨物唔銷，等渠知道「嚇伯爹系老豆」。不久渠地工人喊苦，就要把我地哀求。個陣我只耳仔無咁得閒，遊去了別埠。好似阿跛踢燕，一味唔兜。渠一日唔肯轉心，我一日唔肯罷手。唉，真正抵頭手（指本領），此計係誰人扭。捨得大眾都係咁齊心，怕乜共渠對頭。

此文署名「一商業中人」，可以代表當時的中小商人對於運動的看法。它發表於禁運剛剛開始不久，文中指出，「渠一日唔肯轉心，我一日唔肯罷手」，代表了群眾對抵制美貨的決心。題目〈除是無血〉，即是除非你是沒有血氣的冷血動物，才會對這一運動不聞不問。

文中亦提出不靠清政府，說明群眾對政府已失去信任。

除了以上兩篇外，〈唔好媚外〉、〈廣東抵制〉、〈對得渠住〉，〈聞得你話放〉、〈一味構陷〉也都是一時傳唱的好作品。這些作品語言簡練，生動活潑，諷刺貼切，具有很強的時代感。雖然風格粗獷了一些，但它更接近於口語化，成為對敵鬥爭的有力武器。

## 「詩界革命的巨子」丘逢甲

被梁啟超稱為「詩界革命的巨子」的丘逢甲（一八六四—一九一二年），字仙根，號蟄仙，其詩文常用筆名倉海君或南武山人。丘逢甲出生於臺灣省苗栗縣銅鑼灣。他是近代史上著名的臺籍愛國志士和詩人。

臺灣同胞具有愛國愛鄉的傳統，丘逢甲是具有這種精神的代表人物之一。丘逢甲的名字是和臺灣緊緊聯繫在一起的。直到現在他出生地的老人口中還流傳著關於他的一些故事。例如丘逢甲有一次騎在他父親背上，同鄉的人說他是「以父作馬」，他衝口而出「望子成龍」。又有一次，福建巡撫丁日昌見了丘逢甲便說：「甲年逢甲子。」丘逢甲脫口而出：「丁歲遇丁公。」原來丘逢甲之所以叫逢甲是因為他生於甲子年（一八六四年），丁日昌面試丘逢甲則是在光緒三年（一八七七年），正逢丁丑年。當年臺灣還是福建省的一個府，到光緒十一年（一八八五年）臺灣才單獨建省。又有一次，唐景崧出兵回來，臺灣當地文人競相作詩，丘逢甲竟能一天寫出一百首《臺灣竹枝詞》。唐景崧很欣賞丘逢甲的才華，曾經贈給他這樣的對聯：「海上三百年，生此奇士；腹中十萬卷，佐我未能。」表示對丘逢甲的讚賞，並希望丘逢甲能成為自己的助手。

少年時代就有強烈民族意識和愛國之心的丘逢甲，處在列強虎視眈眈的臺灣島，對祖國的興衰存亡有著特殊的責任感。中日甲午戰爭爆發，久為日本覬覦的臺灣，孤懸海上，情勢緊迫。丘逢甲奔走呼號，組織義軍，準備守土抗敵。第二年〈馬關條約〉出籠，清政府果然把臺灣等地送給了日本。對此，丘逢甲首先聯合臺灣士紳通電抗爭。抗爭無效，他又倡議建立「臺灣民主國」，既表示對清政府賣國政策的抗議，又表示對日本侵略者的反抗。繼而推舉唐景崧為總統，自任義軍大將軍，開展了可歌可泣的抗日守土的愛國自衛戰爭。抗戰最後失敗了，丘逢甲懷著強祖國則可復土雪恥的願望，含憤內渡，居於廣東鎮平淡定村。

目睹列強瓜分中國的形勢，丘逢甲憂心如焚，他奔走於潮汕、廣州一帶，主講韓山、東山、景韓等書院，希望通過教育為國家培育英才，挽救國家危難。維新運動失敗後，丘逢甲對扼殺維新運動、殘酷迫害維新黨人的封建頑固勢力進行了抨擊。在己亥詩稿中，有「鐵漢樓高閒悵望，嶺雲南護黨人碑」這樣的詩句；在庚子詩稿中，又有「亞洲一片雲頭惡，群花摧折雄風虐」這樣的描述。這一段時間，他與因變法失敗而回到梅縣的維新主將黃遵憲過從甚密，成為思想上與詩歌創作上的摯友。

丘逢甲早有詩名，在臺灣時期就組織過櫟社，和同社諸子編輯過《月泉》一類的詩集。他有一首詩題為〈寄臺灣櫟社諸子兼懷頌丞〉，其中有句說：「柏莊難拾燹余文？櫟社重張劫後軍」，「月泉詩卷憑誰定？還待當時晞髮人」。內渡之後，丘逢甲也不時注視著詩壇的風雲，對他自己在詩壇上應有的地位懷有自信。十首〈論詩次鐵廬韻〉集中地體現了他對於「詩界革命」的見解：「邇來詩界唱革命，誰果獨尊吾未逢。流盡玄黃筆頭血，茫茫詞海戰群龍！」「新築詩中大舞臺，侏儒幾輩劇堪哀。即今開幕推神手，要選人天絕代才。」「四海都知有蟄庵，重開詩史作雄談。大禽大獸今何世？目極全球戰正酣。」「蟄庵」是丘逢甲自己的號。從這些詩中我們不難看出丘逢甲在詩界革命中的地位。

稱丘逢甲是詩界革命的巨子，還體現在丘逢甲的詩作量大，有人推算有數萬首。大多數詩稿都在戰亂中佚失了，但流傳下來的也有二千多首。

丘逢甲能稱得上詩界革命巨子，也緣於其詩內容豐富，稱得上是「詩史」。尤其是下列幾方面的內容，體現了時代的最強音。

首先，是對臺灣的深深懷念，以及對於收復臺灣的信念。抗戰失敗，他被迫離臺時寫道：「宰相有權能割地，孤臣無力可回天；扁舟去作鴟夷子，回首河上意黯然。」一個元旦之夜沒有月光，詩人寫道：「三年此夕月無光，明月多應在故鄉。欲向海天尋月去，五更飛渡夢鯤洋。」有人去臺灣，他這樣以詩代書：「棄地原非策，呼天儻見哀。百年如未死，捲土定重來。」丘逢甲無時不在懷念臺灣，這一類詩在丘逢甲詩歌中具有獨特價值。

其次，是對於祖國河山破碎的感慨和對於清朝政府腐敗無能、賣國求榮的揭露。德國入侵山東，他既對德國侵略者表示憤慨，又為中國缺乏田橫那樣的烈士而慨嘆：「慷慨出門思弔古，田橫島上更何人？」（〈聞膠州事書感〉）詩人聽到清政府成立海軍部，作〈海軍衙門歌……〉，嬉笑怒罵，歷數北洋水師耗費巨資，屢吃敗仗，落得個「戰爭無能地能讓，百萬冤魂海中葬」的下場。一九〇八年，丘逢甲已經敢於這樣斥責清政府最高當權者：「割地奇功酬鐵券，週天殘焰轉金輪。後庭玉樹仍歌舞，前席蒼生討鬼神。」（〈秋興次張六士韻〉）

再次，是詩人表現了走向世界的開放意識。當時帝國主義列強要把我國變成他們的殖民地，詩人認為要反侵略但不能再閉關自守。他在〈擬諸將五首用原韻〉裡斷言，即使金甌無缺，重整舊山河，也「難效前皇復閉關」，在〈七洲洋看月放歌〉裡抒發了他走向世界的一時豪情。「少陵、太白看月不到處，今朝都付渡海尋詩人」，「不知今宵可有南去乘舟人，遙看地球發光彩」，「天經自縱地緯橫，此時吐吞入極詩方成，天雞喔喔呼潮鳴。自是詩中海權大，萬里南天開詩界」。表現出詩人面向世界的博大情懷。

丘逢甲是我國臺灣省著名詩人。從他身上，我們可以看到臺灣同胞的愛國愛鄉傳統。他是一位集愛國志士與詩人於一體的近代英雄。武裝抗戰保臺失敗內渡後，他興辦教育，同時寫下了大量眷念失地的愛國詩篇。在丘逢甲一百二十年誕辰的時候，廣東蕉嶺縣人民撰寫了這樣一副挽聯，紀念這位「詩界革命的巨子」：

是志士　亦才子　抗倭守臺澎　兩地情思牽海峽

裏同盟　讚革命　興學育桃李　一代詩風沐藝林

## 吳趼人的小說創作

晚清時期小說創作十分繁榮。當時影響較大且成就較顯著的，是被魯迅稱為「清末譴責小說」的作品。吳趼人創作的小說即屬譴責小說一類，其《二十年目睹之怪現狀》是清末四大譴責小說之一。

吳趼人（一八六六—一九一〇年），亦名吳沃堯，廣東南海縣人。因家居佛山鎮，故自稱「我佛山人」。他出身於封建官僚家庭，到他這一代，家道已經破落貧困。二十餘歲到上海去謀生，曾在江南製造局當抄寫員，並常為報紙撰寫小品文。他去過日本，為時不久。一九〇四年任漢口美國人辦的《楚報》主筆，反美華工禁約運動興起，他毅然辭職返滬。一九〇六年與周桂笙等人創辦《月月小說》雜誌，一九〇七年又主持廣志小學，一九一〇年病逝於上海。吳趼人正是看到了當時社會政治的腐敗，從而創作大量作品去揭露、抨擊、譴責，其中閃爍著思想光華，但也有局限。比如，作為一個受到資產階級改良主義思想影響的舊式知識分子，吳趼人目睹中華民族遭受的災難，痛心疾首。他編寫《痛史》等歷史小說，抨擊漢奸賣國投敵，顯示出他愛國的一面；但另一方面他卻認為帝國主義之所以侵略中國，「總是中國人不好」，主張對進入中國的帝國主義分子「格外優待，以表我中國之豁達態度」。他把中國半封建半殖民地社會的種種弊端，歸結於「人心不古」所造成，他想通過改良來扭轉世風。這又暴露出他在思想方面的落後性的一面。一九〇九年全部完成的《二十年目睹之怪現狀》，是繼李伯元《官場現形記》之後又一影響較大的作品。小說以九死一生這個改良派人物的商業活動為主要線索，貫串了近二千個小故事和眾多人物，反映一八八四年中法戰爭後至二〇世紀初這二十多年間，作者「所親聞親見」的中國官場、商場和洋場這個「鬼蜮世界」的種種怪現狀。他通過小說主人公九死一生的口說：「只因我出來應世的二十年中，回頭想來，所遇見的只有三種東西：第一種是蛇蟲鼠蟻，第二種是豺狼虎豹，第三種是魑魅魍魎。二十年之久，在此中過來，未曾被第一種所蝕，未曾被第二種所啖，未曾被第三種所攫，居然被我都避了過去，還不算是九死一生麼！」《二十年目睹之怪現狀》涉及的領域很廣，但重點是官場，包括政治、軍事和外交等各個方面。怪現狀之一，就是官場的貪財受賄，營私舞弊；怪現狀之二，就是封建官僚是一批衣冠禽獸的偽君子；之三，是清末官僚畏敵如虎，賣國投降。《二十年目睹之怪現狀》描寫清末社會的弊端，具有一定的認識價值。小說描寫的主要人物有吳繼之、九死一生、蔡侶笙、王伯述等。

《二十年目睹之怪現狀》在藝術方面有以下特色：其一，它以九死一生這個人物的所遇、所見、所聞為主幹，連綴眾多小故事而成，結構嚴謹。其二，作者善於創造富有戲劇性的場面，把譴責對象置於極其可笑的境地。其三，語言生動，描寫人物敘述故事繪影繪神，使人如臨其境，如見其人。這本書是「譴責小說」中的傑出代表。除此之外，吳趼人還寫了其他幾部重要小說。《九命奇冤》三十六回，發表在《新小說》上，這是根據嘉慶年間的《警富新書》改編的。此書敘述了清朝雍正年間廣東發生的一件著名公案。梁、凌兩家本來是親戚，因「風水」問題，受人挑撥，漸至成仇。凌家「坐擁厚資，名列縉紳」，依勢施虐，縱徒放火燒死梁家八口。梁天來憤而起訴，乞丐張鳳仗義作證，但是凌家用錢賄賂官府，不僅梁家上告失敗，反而將張鳳打死，造成九命奇冤。最後梁家上京告御狀，由雍正皇帝派了欽差大臣，明察暗訪，終於替梁家伸了冤。作者在第一回裡說：「大家都說雍正朝的吏治，是頂好的，然而這個故事後來鬧成一個極大的案子，卻是貪官汙吏，布滿廣東，弄得天日無光，無異黑暗地獄。卻不遲不早，恰恰出在那雍正六七年的時候，豈不又是一件奇事？」很明顯，作者是要寫所謂清明時代最黑暗的事，借助歷史，以攻擊當時的一些貪官汙史。儘管書中反迷信的色彩比較濃厚，但作者並沒有否定封建制度，反而美化了它。這反映出作者思想的侷限。在表現手法上，該書則受到外國文學的影響。

《痛史》二十七回，未完。小說取材於南宋滅亡的歷史，歌頌了以文天祥為代表的抗戰派，鞭撻了以賈似道為首的投降派。作者在〈原敘〉中說：「年來吾國上下，竟言變法，百度維新。教授之術，亦採法列強，教科之書，日新月異。歷史實居其一。」雖然，他寫歷史小說，但是有強烈的現實針對性。

《恨海》十回，內容是以八國聯軍侵入中國、義和團進行反帝愛國鬥爭為背景，寫了北京的一個封建官僚家庭流離和毀滅的故事。《恨海》開晚清言情小說之先河，對後來的「鴛鴦蝴蝶派」有一定的影響。

吳趼人還創作了不少短篇小說。總而言之，他的小說揭露官場的黑暗，描寫社會的弊端，陳列醜惡，反映了廣大社會群眾對清朝腐敗政治的不滿。藝術上，吳趼人的小說情節生動、曲折，描摹人物窮形盡相，結構嚴密，語言精練、暢達，頗有可取之處。

## 憂患餘生的《鄰女語》

直接反映庚子事變的小說，首推憂患餘生的《鄰女語》。蔣瑞藻《小語考證續編》引《清代軼聞》說：「《鄰女語》一書，記庚子國變事頗詳確，文筆清雋可喜，實近日歷史小說之別開生面者。」

憂患餘生的真名字叫連夢青，光緒二十六年（一九〇〇年）「庚子事變」後，住在北京。他有兩個好朋友，一個是《天津日日新聞》的方藥雨先生，一個是京城的沈虞希先生。一天，沈虞希因事去天津，在同方藥雨閒談中，說到朝廷中的一些事情，方先生聽了，覺得很新鮮，也有「新聞價值」，隨即寫成文章，刊登在《天津日日新聞》上。老佛爺慈禧太后看後，大發雷霆，傳旨朝廷，嚴加追查，就把沈虞希逮捕，押赴刑部大獄，杖斃。接著又出動禁軍，緝拿與此事有關的一些人。連夢青也是被緝拿的對象。連夢青得知消息後，先在友人家中匿藏三天，後來通過一些關係，得到外國使館的幫助，一個人倉皇從北京跑到上海避禍，借住在上海北成都路的安慶里。連夢青到上海後，時刻思念著自己仍留居在北京的母親，恐怕有什麼不測；朋友們也覺得太夫人不甚安全，就勸他把太夫人迎到上海，好有個照顧。連夢青覺得自己橫遭這一災禍，所有錢財都喪失淨盡，實在無力量在上海生活下去。自己又是個性格孤介、不願接受他人資助的人，就託人向商務印書館《繡像小說》雜誌的主編李寶嘉說情，願意以每千字五元的酬金給刊物寫些小說。李寶嘉答應後，他就寫了《鄰女語》。《繡像小說》雜誌也就從光緒二十九年（一九〇三年）的第六號開始連載，到光緒三十年（一九〇四年）第二十號，共發表了十二回。

《鄰女語》以「庚子事變」為背景，寫一個熱血青年金墜（外號金不磨），出於對八國聯軍侵略中國的滿腔義憤，決心用自己的綿薄之力，救濟遭受帝國主義列強凌辱的北京人民群眾。於是，他就變賣了自己的家產，帶了一個僕人，一起從家鄉鎮江出發，由陸路北上。小說寫的內容，就是金墜北上途中的所見所聞。其中故事，又大都是出自沿途各地婦女的口中，所以就取名《鄰女語》。

金不磨在鎮江就看到從北京逃來的什麼尚書、侍郎、翰林、主事的京官，他們的車上都插的是「大日本順民」，還聽說他們在北京的屋門口掛的也是「大日本順民」。一時間，京城內外，無論大大小小的人家，都變成外國人的順民，沒有一個不扯外國旗號。只見迎風招展，藍的、花的、紅白相間的，世界上奇奇怪怪的旗幟都有了，就是不見什麼正紅旗、正白旗、鑲黃旗、鑲藍旗和中國黃色龍旗。昔日，他們滿口孝悌忠信、禮義廉恥，現在卻都甘當洋人的順民，一點民族氣節都沒有。現在到了江南地面，他們個個又都揚威耀武起來，坐的船上，竟插起「某部大堂」、「某部左堂」、「某部右堂」的旗幟，還打著京撇子大罵船夫：「明日到了鎮江，誤了咱們的路程，送你到衙門，敲斷你的狗腿！」那些身穿「江蘇全省勤王親兵隊」號褂的兵士，跑得飛快，也沒有一個受傷。他們不去與洋人打仗，卻前呼後擁地護送這些京官的家眷到江蘇、浙江、湖南來。那些家眷還都坐著官轎，坐八人大轎的是姨太太，坐四人大轎的是少奶奶、小姐、丫頭，坐二人小轎的是京官的家人、當差。金不磨十分詫異，仔細打聽，原來這些兵丁都是他們逃到河南邊界時，恐怕路上出事，向統領借來的。那些兵丁，個個手裡拿著洋槍，腰裡插著手槍，槍上套著槍刺，三五成群，在街上橫衝直撞，跳的跳，笑的笑，身上穿的，都是紅紅綠綠的，繡花的，盤金的，也不像軍裝，也不像操衣，顯然都是從老百姓家裡搶掠來的。

金不磨從青江浦那裡的大道，經王家營，就進入山東境界。只見這裡，塵沙橫飛，赤地如燒，飢民菜色，沒有一處能種莊稼的土地。老少男女，相率跪在大路兩邊，一見著南邊來的過客，就伸出手向他們討吃的。一路上，還看到袁世凱軍隊押著成群成群的逃兵難民出境，那種悽慘情形，更不忍看。到了山東省東光縣城地界，只見樹林子裡面，掛了無數人頭，老的少的，男的女的，胖的瘦的，有睜著眼睛的，有閉著眼睛的，有無頭髮的，也有有頭髮的，有只剩個骷髏的，也有眼睛被挖去的。高高下下，大大小小，都掛在樹林子上，沒有一株樹上沒有掛人頭的，沒有一顆人頭上沒有紅布包頭，沒有一個紅布包頭上沒有「佛」字。這樹林子，約摸有十浬方圓，卻無處不是人頭。看到這種慘狀，金不磨暗想，這場慘殺，終是這班頑固大臣釀成的奇劫，不是這班愚民平白構造的。這班愚民平時既不蒙官師的教育，到了這時候，反受了長官的凌虐。孔子說道：「不教而誅，是為虐民。」近時有些有志之士，立了些什麼會，專與官作對，這就難怪他們不懂時事了，也是平時相逼而成，積成這麼一派怨毒。若是朝廷尚不知順時利導，改變舊章，立意圖新，將來激成水火一場浩劫，只怕比這次還大呢！想到此處，不覺流下淚來，又傷感了一回，又發恨了一回，頃刻又立起一個掃除奸黨、澄清宇內的大志願。

從這段內心獨白，我們覺得金堅是一個愛國志士。

他繼續北行，到了茌平，住在旅館裡，本想好好睡一覺，解除自己旅途的疲勞。誰知剛躺下，就聽到隔壁房裡的妓女唱歌，傾訴北方民眾的痛苦。仔細一聽，她唱的是：

戎馬匆匆，戎馬匆匆，旌旗閃爍龍蛇動。大家翹首望天公，問道：天呀！你怎的還是這般懵懂？萬民嗟怒，抒抽空空，風塵鞅掌，奔走西東！更不見誰是赤龍種，只聽說風潮處處洶！但任著這般老態龍鍾，顛倒播弄，弄的這乾坤黑暗，日月昏蒙！更有一般無識小兒童，癡人呆漢同說夢，披髮徜徉類病瘋。只可憐蒼生路路窮，哭不盡的唐衢慟，眼見著這山河血染紅！

金不磨把那妓女唱的歌記在本子上，又感嘆了一番，繼續趕路。到了天津，見八國聯軍攻破天津城池時，北洋大臣早已不知去向，只見各城門守城的兵丁，個個死在城上，依然手托快槍，立而不仆，怒目外向，大有滅此朝食的意思。洋兵一看，不覺大驚。當日由各國代為收屍，埋在一處，封為一大景觀。至今天津城外，有個小山，就是掩埋他們的地方。

《鄰女語》對沿途所見所聞都有記載，它的重點卻是庚子事變時中國北方，主要是山東一帶兵荒馬亂、民不聊生的狀況，是一部庚子事變實錄。作者還用兩首詞告訴讀者他寫這部小說的情懷：

何事風塵莽莽，可憐世界花花！昔時富貴帝王家，只剩殘磚破瓦！滿目故宮禾黍，傷心邊塞琵琶！隋堤一道晚歸鴉，多少興亡閒話！

可惜這部著作沒有寫完。

## 羽衣女士的《東歐女豪傑》



《東歐女豪傑》是二十世紀初很有影響的一部小說。它最初連續發表在梁啟超辦的《新小說》雜誌上；阿英的《晚清文學叢抄》第一卷曾選錄了這部作品。

張竹君（一八七六—一九六四年），廣東番禺人，出生在一個有錢人的家庭。幼年時，曾患腦筋病，半身覺得痳木不仁，家人送她到廣州市的博濟醫院診治，很快復原。從此，在竹君的幼小心靈裡，播下了學習西醫、扶傷救死的種子。病癒後的張竹君決心留在醫院，從美國醫生嘉約翰學習醫術。經過十三個春秋的刻苦學習與鑽研，她已經成為一位精通西醫內科與外科的著名醫生，也領取了行醫執照。不久，張竹君又自籌資金，在廣州市創建了自己的醫院，這就是南福醫院。作為一個醫生，她勤勤懇懇，對醫術精益求精，對病人關懷備至，尤其注重救濟那些貧困的群眾；她還接收了十幾個弟子，精心培訓，循循善誘，誨人不倦。教學中，她不是單純地就醫講醫，而是十分注重病理及發病的規律，以及光電聲化方面的現代科學知識。

張竹君是一個最先向西方尋求救國救民真理的女性。在學術上，她十分關注「實學」，提倡學習西方聲光電化自然科學；宣揚男女平權，主張男女平等，從而也成為一位從事婦女解放運動的先行者。她在當時印行的婦女雜誌《女子世界》上發表了這方面的兩首律詩。詩是這樣寫的：

磊落真情一萬絲，為誰吞恨到娥眉？
天心豈厭玄黃血，人事難平黑白棋。
秋老寒雲盤健鶻，春深叢莽殪神魑。
可憐博浪過來客，不到沙丘不自知。
天女飛花悟後身，去來說果復談因。

多情錦瑟應憐我，無量金針試度人。
但有馬蹄懲往轍，苦無龍血灑前塵。
勞勞歌哭誰能見，空對西風涙滿巾。

慷慨淋漓，盡吐胸臆，儼然一個駕馭二十世紀風雲的女革命家的寫照。

在醫院中，她還經常向求醫者宣揚男女平等、婦女解放的道理，提出自由是爭來的，是從先進的科學技術中學來的。她說：「西歐之論自由者曰，個人之自由，以他人之自由為界。吾謂自由可以行星之運行比之，其運行，自由也，其運行而遵一定之軌道，此其境也。」可謂精深獨到，鞭辟入裡。有時，她還把醫院附近「紳官之眷屬及其所知之志士，集各園大演說，發明男女所以當平等之理」，宣傳革命，宣傳向先進的西方學習。她在宣傳中，排除了一些人的崇洋媚外與排外做法，堅持了民族自豪感精神下的虛心借鑑。她說：「吾儕今日之責任，在輸入泰西政治格致等等美新之學術，迨既審我漢族之文明果高勝於他族，然後自立之論可起也；既審我漢族之文明果並駕於西歐，而後排外之論可起也。」金翼謀《香奩詩話》說她「博通英文，尤精醫術」，「善於演說，當昔日風氣初開時，臨演壇以施廣長舌，喚醒女界之迷夢者，女士實與有功焉」。《新民叢報》光緒二十八年（一九〇二年）第七號馬貴公的〈女士張竹君傳〉也說她「每講學時，未嘗不痛惜撫膺，措論時事，慷慨國艱也」！

辛亥革命前，張竹君到上海，與李平書合辦醫院，盡力真誠，對於病人，不分貧富，一體治視。辛亥革命時，她一邊積極籌措資金成立紅十字會，一邊冒著槍林彈雨，親臨前線，為傷員治病，深得人們稱譽。

張竹君的文學創作，成就也是多方面的，除前面提到的兩首七律外，還有長篇小說《東歐女豪傑》，發表在《新小說》的光緒二十八年一至五期上，共五回。取材於俄國民粹黨人蘇菲亞的革命活動，表現出作者極為高漲的革命熱情，態度也極為鮮明。小說第一回的俄國女青年莪彌說：

> 原來敝國是個金字招牌天下聞名的野蠻專制國，上頭擁著一個沐猴而冠的，任他稱皇稱帝，說什麼天下一人，又說什麼神聖不可侵犯。照公理而論，單有這個，世界上已是大不平等，還喜這種人不多，若使無人助桀為虐，他們勢孤力薄，不過是個裝飾的木偶，我們平民也忍得把他陳設。最可恨他的前後左右，更有好些毒蛇猛獸托生的貴族，往往賤視我們尋常百姓，嗤為蟻民，任意糟蹋，塗我耳目，縛我手足，絞我

脂膏，毒我心腹，偏害了我們無數平民，生不欲生，死不得死。

這裡說的雖然是俄國的沙皇時代，但中國的讀者，不是會很自然地聯繫到自己所處時代嗎？

小說的主人公蘇菲亞，寫得也相當成功。她雖然出身於貴族家庭，卻接受了資產階級的自由、平等、民主思想與近代文明，敢於反抗封建專制制度，積極地參加革命鬥爭，成為俄國民粹黨的領導人、著名的女革命家。為了推翻沙皇統治，建立一個自由、民主、平等的新社會，她深入群眾「逢人說項，唇焦舌敝，語不離宗」；她深入烏拉爾礦區，進行鼓動宣傳，講話時「絕無天父上帝這些呆話，都句句切中時弊，一字一淚的，洋洋灑灑說了一遍又一遍，聽著的人個個都為感動，有許多忍不住的，那兩眶眼淚滾滾地掉將下來」；她號召工人們團結起來，建立一個公平的新世界，把他們貴族那些土地都買了下來，當做我們平民大眾的公有產業；她憎恨那個有壓迫、有剝削的社會，同情人民，對自己的事業和理想充滿信心，始終認為自己所從事的工作是正義的，光明正大的；被捕入獄後，她仍表現出一個革命者處事的周密，意志的堅強不屈。正是這些，作品一發表，適應了中國近代革命運動的日趨高潮，在革命青年一代中，產生了強烈的反響。

《東歐女豪傑》在藝術上，既表現出革命者革命激情的激烈與高昂，又表現出一個女醫生的細緻深刻，尤其是人物心理刻畫與環境描寫的精心、流暢，極大地增強了小說的藝術吸引力。光緒三十四年（一九〇八年）羅普（披發生）在為息影廬主翻譯的《紅淚影》寫的〈序〉中，有過中肯的評論。〈序〉說：

昔年新小說社所刊之《東歐女傑傳》（按：即《東歐女豪傑》），乃嶺南羽衣女史手筆，摹寫泰西禮俗，士女風流，絲毫畢見，其筆力足以上繼古人，其才華足以驚動當世。後以女史他行，而此絕大絕奇之野乘，竟輟於半途，閱者惜之。至今數年以來，海內之士，遂無有鍾女史而為之者。

張竹君一生未嫁，專心致志地從事著自己所鍾愛的近代醫務工作。阿英《小說人物考略・羽衣女士》最後說：「可知其人在當時，實是一嶄新人物，為一般女子所不可企及者。不僅具有學術的素養，也具有實踐的能耐。」

## 《苦社會》中的旅美華工

光緒三十一年（一九〇五年），上海圖書集成局出版了一本集中描寫旅美華工生活的小說，名字叫《苦社會》，給我們提供了第一手旅美華工在當時的處境，也為繁榮的近代小說增添了一道異彩。

小說通過三個人物：阮通甫、李心純和魯吉園的旅美生活，真實具體地描述了美國政府虐待華人的罪惡行徑，控訴了美帝國主義在高喊「保護人性」口號聲中踐踏人權的卑劣行為。

我們不妨先跟著作者的筆，看看華工在旅美途中的遭遇吧：

停了一會，海員們下來了，只見剩一件短衫，一條破褲，潮潮的裹在身上。吉園摸不著頭路，留心細看，並沒什麼傷痕，才放下心。卻見洋人又叫水手，先著五十個小工把腳上鏈子卸下，喊他們站起。那班小工，驟然覺得腳上鬆了許多，只是站不起。洋人等得不耐煩，呼呼的又把鞭子抽得怪響，好容易忍著疼，你挨我靠，沿柱站住。洋人喝聲「走！」又走不動。水手上前，一個拖兩個，望梯邊直送。照這樣拖拖拽拽，上上下下，直到午時，已走動了一千七八百人。有些真不能走的，跌倒地上，還吃腳尖，碰開了頭皮淌血，還不準歇一歇。落後有班人，一個壓一個，亂疊著一堆。水手看見，喊道：「這成什麼樣子？快給我滾開些！」眾人低低應了一聲「噢」，還賴著不動。水手們覺得形景詫異，又聞一股惡臭，直從底下沖起，喉嚨裡都作噁心，便去通知了洋人。洋人先用指蘸些藥水，擦在鼻子上，才走過來，叫水手動手，把上面的拉開。不拉時，萬事全休；一拉時，真叫鐵石的心腸，都要下淚，原來下面七八十個橫躺著，滿面都是血汙，身上也辨不出是衣服，是肉皮，只見膿血堆裡，手上腳上鎖的鏈子，全然卸下，洋人俯身一看，才曉得死的了，手腳的皮是脫了，骨是折了，不覺也泛出唾涎，嘔個不住。

華工在船上的待遇，使人不禁想起當年美國販賣黑奴的情況，獨立戰爭以前的一切又重演了。阮通甫就是被他們在路上折磨死的。實際上，這些華工，一進船，就被投入人間地獄，數千人鎖在船艙裡，連窗戶都不開一個，吃的是生硬饅頭，又不得飽，害了病，也無人過問，還經常鞭打鏈鎖，完全失去自由。

途中是這樣，到了工廠，更是受盡折磨。數不盡的「禁例」、限制、侮辱和迫害。管機器的鄔阿奴，無意中丟失了身份證，竟被關進監牢，最後連同妻子、兒女都被驅逐出境；汪紫蘭的妻子去美國探親，也被無緣無故地關押起來，後來找了領事，也不起作用，最後鬧得家破。正是在美國一系列對華人的「禁例」中，旅美華工急劇減少，由原先的三十萬減少到十萬。勉強留下來的，也整天不得安寧，沒有人身保障。曾經在國內教過書的李純心，到美國幾年後，也因為無法忍受美國政府對華人的「禁例」，變賣財產回國。魯吉園雖然也曾有過不堪忍受時的反抗與鬥爭，但仍無法逃脫「只有白種的自由，沒有黃種的自由」的美國對華人的迫害、歧視和虐待。

哪裡有壓迫，哪裡就有反抗。《苦社會》也寫了華工的反抗與鬥爭旅美華工曾有過聯合鬥爭，但最後終究被軍隊「剿滅」，一次竟犧牲了兩萬五千人。第十六回關於大倉山的起義，盡管篇幅不長，卻也寫得十分壯烈，表現出中國人的硬骨頭精神。

《苦社會》還用了十幾回書，以唐人街為中心，描寫了旅美華商所遭受的虐待。第四十二回寫道：

唐人街，只見十幾部馬車，一排列定，車上坐滿中國人，頸裡扣著鏈子，巡捕還四處捕捉男女老少。靜悄悄地沒有什麼聲息，倒只有狺狺的犬聲，吠個不住。伯符想又有什麼新聞，卻不知是何事，打算繞道避開，已給巡捕看見，上前帶定，說：「拿執照出來。」伯符才明白了，一面從貼肉汗衫袋裡取出一個油紙包，打開遞過。巡捕望他相了一相，接過手，反正都看，仔細逐件盤問，伯符定了心，逐件回答，巡捕問完了，把他又拉到車邊，卻鬆了手。伯符就立定了，不開口。巡捕又相了一相，把他這張照，往地下一丟，說：「去吧！」伯符彎腰拾起，且回公司敲門入內。只見心純失了色，坐在椅上。忙問道：「心純，甚麼事？又要查冊了？」心純道：「不知道。你路上也遇見麼？」伯符道：「遇見的。店裡沒事嗎？」心純道：「捉了兩個人。那邊飯鋪怎樣？」伯符道：「我剛才看見也關上門，裡面不知怎樣。」心純道：「不好過去問聲，真是心焦。」兩個人呆守在門邊，只聽街上馬蹄聲，來來往往，直到下半夜才靜。……天剛亮，又是個巡捕，同工商部的人來，收人頭稅來。伯符一一付了，有幾個夥計拿不出，又替墊了，巡捕才去，吩咐依舊關上門，不許出入。照這樣又鬧了一天。

多麼陰森恐怖的景象。正因為這樣，不少華商只好廉價出售商品，或變賣財產，紛紛回國。

《苦社會》的作者是一個旅美華工，「以旅美之人，述旅美之事」，「情真語切，紙上躍然，非憑空杜撰者比。故書都四十回，而自二十回以後，幾於有字皆淚，有淚皆血，令人不忍卒讀，而又不可不讀。」「漱石生」序（一九〇五年）中的上述評價是令人信服的。阿英《晚清小說史》稱它是描寫旅美華工小說中「寫得最深刻、最慘痛的」一部。

## 《女子權》：女性解放的呼聲

從甲午戰爭到辛亥革命時期，改良和革命之風甚盛。資產階級改良派和革命派均重視小說的作用，小說創作空前繁榮。改良派和革命派們希望通過小說來改造政治及社會，倡導小說界革命。《女子權》就是這一時期反映女子要求參政議政的改良小說。

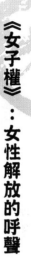

《女子權》為白話章回體小說。全書共十二回。思綺齋著。上海作新社於光緒三十三年（一九〇七年）六月初版。

《女子權》是一部完全虛構的小說，書中的人物、事件、背景充滿了烏托邦式的理想色彩。作者想像在三十年後，即二十世紀四十年代的中國，「朝廷早已實行了君主立憲，一般也加入了萬國同盟會，所有主權國體，也極其完全」。總而言之，中國已經完全成為一個強大的，可以與其他世界列強分庭抗禮的富強之國。但還是有些小小的遺憾，不如歐美諸國，那就是「全國婦女，還是處於重重壓制之下」。於是時勢造英雄，當代爭取女權運動的巾幗英雄袁貞娘應運而生。

話說這袁貞娘本是湖北漢口鄉紳袁仲漁的掌上明珠。袁仲漁雖是一老鄉紳，卻極為開明，先將愛女送入啟化中學堂讀書，幾年後，貞娘以優異的成績畢業，又榮幸地被學校選送入北京大學讀書。袁仲漁也極為贊成。袁貞娘到北京大學後，不久便結識了在北京海軍學校讀書的學生鄧述愚。鄧述愚身材高大，相貌英俊，談吐不凡，胸懷大志，深深吸引住了貞娘的芳心。貞娘年輕貌美，知書達理，賢淑靜雅，又在最高學府北京大學讀書，這一切也使鄧述愚心儀嚮往。兩個年輕人一見鍾情，常常在一起讀書、討論，羨煞了不少的同學。

豈料不久袁仲漁前來京師探望女兒，正巧看到袁、鄧二人正挽手散步。袁仲漁大怒，認為女兒在北京不好好讀書，與男學生有不檢點的醜行。他不聽袁貞娘再三解釋，斥責女兒不守女則，做出了有辱家風的醜事，並勒令貞娘回漢口，不允許她再讀書。袁仲漁走後，貞娘前思後想，無路可走，痛苦之際一人來到江邊，徘徊許久，遂投江自盡。所幸巡洋艦統帶黃之強率艦經過，貞娘遂得以獲救。船員聽說救起一投江女子，紛紛前來探詢，誰料到天下竟有如此巧的事，貞娘的戀人鄧述愚也正在此艦上實習，兩人相見，自然是有難以言表的感慨。黃之強了解到鄧、袁二人的關係，並進一步問清貞娘投江的原因後，便勸勉她不要灰心喪氣，又隨船將其帶回天津，委託自己的妹妹黃之懿照顧她，同時給袁仲漁發電報，告知貞娘與鄧述愚的正常戀人關係，並把貞娘企圖以死洗刷清白一事也告訴了袁仲漁。

貞娘在天津居留期間，偶然在《津報》上發表了一篇有關女權運動的文章，不料引起社會上的極大轟動，把她譽為「女界斯賓塞」。而這時，袁仲漁收到黃統帶的電報，心中疑慮頓時冰釋，立即匯款給天津的女兒，支持女兒繼續赴京讀書。貞娘在校期間，品學兼優，很受同學愛戴。她與同學籌集資金，創辦了一份《國民報》，貞娘任主編。該報以倡導民權、介紹西學為宗旨，所以深得海內同胞喜愛，短短的幾月時間裡，發行竟逾數十萬份。主編袁貞娘的聲名也如水漲船高，譽滿天下。恰在此時，袁仲漁因賢達開明被舉任命為次長，攜妻赴京就職，一家人終於得以團聚。

正在喜上加喜之時，伊犁婦女為爭取女權平等發生暴亂，《國民報》因在輿論上對暴亂表示支持，遂被朝廷查封，編輯亦遭拘捕，唯貞娘因父親的庇護得以倖免。由此一事件，貞娘悟出僅靠辦報紙難以爭得女權，必須採取有效的實際行動。恰逢萬國女工會大會在美國召開，貞娘藉此遍訪英美、歐洲，俄國民主人士，調查西方諸國民主體制，尤其是女權運動的發展。她還特別在廣大華僑同胞中宣揚在中國開展爭取婦女平等權利的重大意義。精誠所至，金石為開，終於有一華僑富孀被貞娘說服，隨同貞娘一起回國，投巨資開辦女工傳習所，專門吸收女性做工。在這一行為的帶動下，華僑及國外客商紛紛在華設立工廠，大批招收女工，遂漸漸使中國女性在經濟上獲得獨立，為爭取女權平等打下了基礎。

由於貞娘精通外文，熟捻西方文化，又有出眾的政治才幹，遂先後出任皇宮翻譯官和顧問官。她常常和皇后討論國政，並以自己的思想觀念影響著皇后。漸漸地，男女權利平等的觀念不但為皇后所接受，皇帝也頗受影響。最後，在外界輿論的壓力下，在皇后的積極督促下，皇帝終於頒詔允許女子參政。而貞娘與鄧述愚也奉皇后之命成婚。全國婦女界為感謝貞娘為女權運動所做的貢獻，特別在她的家鄉漢口為她建立了一座銅像。

該書的目的就是要鼓吹男女平權，尤其主張女子應有參政之權。這在當時是極其大膽而富於進步意義的。然而作者設想三十年後的中國仍為皇帝統治的「立憲」政體，並為此歡欣鼓舞，足見是一部提倡社會改良的小說。再者小說本身還有濃厚的封建主義氣息，如主人公名字叫「貞娘」，如袁、鄧二人奉皇命成婚這一大團圓結局都是明證。此外，由於小說純屬虛構，致使事件的發展、情節的設置都欠真實，理想色彩過重，近乎空想，文學性較差。但在當時——晚清與民初交替之際，這部小說在王侯將相、才子佳人小說氾濫的小說界，無疑吹響了嘹亮的女性解放的號角，具有深遠的歷史意義。

## 過來人現身說《海上花列傳》

陳森的《品花寶鑑》問世後的半個世紀，又有一部狹邪小說出版，這就是署名「雲間花也憐儂著」的《海上花列傳》。

《海上花列傳》全書六十回，最早發表在作者創辦的《海上奇書》雜誌上，時間是光緒十八年（一八九二年）二月。每期發表兩回。雜誌停刊時只發了三十回。光緒二十年（一八九四年）全書出版。發表時，就引起社會上的注視。

花也憐儂是韓邦靖的號。韓邦靖（一八五六－一八九四年），字子雲，號太仙，江蘇松江（今上海市）人。久居上海，曾任《申報》館編輯，所得稿酬，幾乎全部都揮霍在青樓妓院中。《海上花列傳》是以「一個過來人為之現身說法」寫成的。小說以上海十里洋場為背景，寫了那裡從身價較高的妓女到低級妓院妓女的眾生相，所以取名《海上花列傳》。

小說以趙樸齋為線索，寫他十七歲時從鄉下到上海去訪他的母舅洪善卿，從此，一家三口淪落上海。後來，他又沉溺青樓。母舅發現後，把他遣送回家。誰知他又潛入上海，為同行誆騙，受妓院索逼，不得不又流落街頭拉洋車。為了生活所逼，又叫自己的親妹妹二寶做妓女。二寶後來被史三公子所騙，家又被賴三公子砸毀，他也被流氓毒打，母親病中待藥無望，以至走投無路。

《海上花列傳》沒有像一般同類小說寫妓女一邊倒的情況，而是寫了她們各自的命運與品位。有的隨波逐流，聽其所止，渾渾噩噩，依青樓安身立命；有的卻橫遭蝶浪風狂，鶯欺燕斗；有的富貴如牡丹，猶能砥柱中流，為群芳叫氣，以賣笑發跡；有的卻如蓮之出水不染，雖淪為娼妓，仍不甘毀身為娼。趙二寶的遭遇，說明當時不少人是由於生活所逼淪落煙花的。讀者也可以從她的命運和經歷中，看到上海在殖民地化過程中的日趨腐朽、殘酷，洋行洋場上官僚、買辦、商賈、流氓等嫖客間的爾虞我詐、使巧弄乖與荒淫無恥。

《海上花列傳》寫了三十多個不同類型的妓女。她們淪落煙花，儘管也有著各自的緣由，但她們的命運卻都是悲慘的。其中有些人想改變自己的地位，從良嫁人，但卻得不到社會的允許。趙二寶的淪落更有著普遍的社會認識意義。她是一個淳樸可愛的農村女子，由於生活所迫，同哥哥一起到上海謀生，結果在施瑞生的引誘下淪為妓女。生意的興隆，使她逐步陷入這個泥潭，思想也發生了變化。她結識一個公子，本想嫁給他，自己也好「從良」，過正常的夫妻生活。誰知在她四處借債、一心一意準備嫁妝的時候，那個公子卻已經娶了一個名門閨秀，她不得不重新掛牌接客，最後遭受到無端的凌辱與苦難。另一女子李淑琴，也想從良嫁人，但她所選中的從良對象的家庭，卻拒絕她這個妓女，以至使她憂鬱而死。死時還把自己的妹妹浣芳託給人家，結果仍然遭到冷遇。我們在這裡看到，那殘酷的現實不僅能夠逼良為娼，也能阻斷這些人的「從良」道路。

《海上花列傳》基本上寫了三種不同類型的妓女。一種是自覺自願的、心安理得地做他人的玩物，沉迷於那錢與慾的交易；另一種卻是企圖跳出火坑，也進行過一些力所能及的反抗與鬥爭；還有一種則是千方百計地要改變那種地位，但最後都無法逃脫那悲慘命運的安排。

在藝術上，《海上花列傳》也有一些值得肯定的地方。這就是：一、「列傳」體的嫻熟運用。「列傳」又叫「合傳」，就是同時為若干人作傳。這是韓邦靖的創造。在這方面，作者是下過一番工夫的。〈例言〉中說：「合傳之體有三難：一曰無雷同，一書百十人，其性情言語面目行為，此與彼稍有相仿，即是雷同。二曰無矛盾，一人而前後數見，前與後稍有不符，即是矛盾。三曰無掛漏，寫一人而無結局，掛漏也；敘一事而無收場，亦掛漏也。知是三者，而後可與言說部。」韓邦靖知難而進，創造了「穿描藏閃之法」，使「列傳」一波未平，一波又起，或者接連起十餘波，忽東忽西，忽南忽北，隨手敘來，並無一事疏忽，也無一絲掛漏；劈空而來，使讀者茫然不知何故，想看後文，後文又寫了另一事，這樣有藏有閃，到最後給人一個完整印象。結構上的這種穿插自然，曲折多變，引人入勝。二、描寫細膩，形容盡致，如見其人，如聞其聲。人物也有個性。如趙二寶的淳樸善良，李淑芳的癡情單純，張惠貞的膽小怕事，衛霞仙的機智善辯，黃翠鳳的潑辣麻利，周雙玉的嬌氣十足，陸秀寶的淫蕩風流。其他如老鴇、嫖客、僕人，都給人留下一定印象。三、語言傳神達情，它是最先採用吳語方言寫成的長篇小說，在這方面也有開創之功。

《海上花列傳》問世後，受到人們的普遍歡迎。魯迅在《中國小說史略》中說：「記載如實，絕少誇張，則固能自踐其『寫照傳神，屬辭比事，點綴渲染，躍躍如生』之約者矣。」阿英《晚清小說史》也認為同類所有小說都不能與韓子雲的《海上花列傳》相比。

# 女俠秋瑾的悲壯詩篇

一九三九年三月，周恩來來到紹興發動抗日，親筆給他當時在紹興的表妹題寫「勿忘鑑湖女俠之遺風，望為我浙東兒女爭光」的贈詞。贈詞中的「鑑湖女俠」就是被吳玉章稱為「舊民主主義革命時期中國革命婦女的楷模」的秋瑾。

秋瑾（一八七七─一九〇七年），原名閨瑾，字璿卿，小名玉姑，別號競雄，後來自稱「鑑湖女俠」。祖籍浙江紹興，一八七七年一一月八日出生於一個小官僚家庭。在祖父和父母的鼓勵下，秋瑾十來歲時就讀了四書五經，十一歲已會做詩，常常捧著杜少陵、辛稼軒等人的詩詞集，吟哦不已。她還讀了不少歷史著作和文藝作品。她尤其羨慕《芝龕記》所描寫的明朝末年秦良玉、沈雲英兩個女性的事蹟。一八九一年初夏，十四歲的秋瑾隨同母親一起來到蕭山外婆家，向武藝高強的舅父和表兄學使棒、舞劍、騎術。這使她不僅練就了一身好本領，而且還養成了一種豪爽奔放的性格。她在一首〈滿江紅〉中這樣抒寫自己的個性：「身不得，男兒列；心卻比，男兒烈。」

一八九五年秋瑾十八歲的時候，被母親許配給王廷鈞為妻。王家是暴發戶，守舊、僵化，王廷鈞又是個十足的浪蕩少年、公子哥兒，加上他「狀貌如婦人女子」，熱情奔放、豪爽不羈的秋瑾同他根本沒有什麼感情可言。王家的重宅深院和錦衣玉食，沒有鎖住秋瑾的思想，反而使她更加痛恨封建禮教、綱常倫理，更加同情苦難的人民。她在〈杞人憂〉一詩中寫道：

幽燕烽火幾時收，聞道中洋戰未休。
漆室空懷憂國恨，難將巾幗易兜鍪！

詩中流露出詩人對祖國命運的深沉憂慮，對自己被束縛在封建禮教的樊籠中而救國無路的處境十分痛恨。一九〇三年，她隨丈夫來到北京，恰好同著名的「桐城派」學者吳汝綸的侄女吳芝瑛為鄰。吳家藏有許多宣傳維新的書刊，秋瑾趁機如飢似渴地閱讀了這些新書新報，視野大為擴展，思想境界也不斷昇華。在秋瑾遺留下來的許多詩詞中，堪稱上乘的〈寶刀歌〉、〈寶劍歌〉等篇，便是在這個期間寫的。在〈寶刀歌〉中，有這樣的詩句：

赤鐵主義當今日，百萬頭顱等一毛！
沐日浴月百寶光，輕生七尺何昂藏！
誓將死裡求生路，世界和平賴武裝！

在〈寶劍歌〉中秋瑾寫道：

炎帝世系傷中絕，茫茫國恨何時雪？
世無平均只強權，談到興亡眥欲裂。
千金市得寶劍來，公理不恃恃赤鐵。
死生一事付鴻毛，人生到此方英傑。

這些鏗鏘有力的詩句，把秋瑾熱愛祖國、富於獻身的精神，栩栩如生地呈現在人們的面前。我們今天讀到這些充滿激情的詩篇，還彷彿看到了一位愛國者馳騁沙場、躍馬舞劍的英姿。這些詩句不啻是戰鬥的檄文，比以往那些略帶哀怨的詩詞大大地前進了一步。一九〇三年春，秋瑾在〈致琴文書〉中，第一次使用了帶有濃重劍俠氣息的別號「鑑湖女俠」。此後，她那崇尚俠義精神的英雄主義性格，發展到了成熟階段。

對祖國前途的深切憂慮，對世界現實的認識，對古代「義俠」的嚮往，這一切使秋瑾再也不願留在王廷鈞身旁過飽食終日、碌碌無為的「貴婦人」生活。她認識到「革命當自家庭始」。一九〇四年六月，她衝破封建的牢籠，拋棄富裕的生活，東渡日本，尋找救國救民的真理。在日本她一面學習，一面廣泛結識愛國志士，進行革命活動。她和劉道一等組成了以反抗清廷為宗旨的「十人會」；與陳擷芬等發起完全由婦女參加的「共愛會」；為提高留日學生的政治覺悟，她又創辦了《白話報》，鼓吹推翻清政府，爭取男女平權。一九〇五年，她加入光復會，七月加入同盟會，被推為浙江主盟人。緊張的學習、嚴格的校紀和清貧的生活都沒有減弱秋瑾關心祖國命運的熱情。她在〈鷓鴣天〉中寫道：

嗟險阻，嘆飄零，關山萬里作雄行。
休言女子非英物，夜夜龍泉壁上鳴！
祖國沉淪感不禁，閒來海外覓知音。

金甌已缺總須補，為國犧牲敢惜身！

一位愛國女英雄熱血沸騰的感情躍然紙上，字裡行間充滿了崇高的甘願為國獻身的精神。

一九〇五年秋瑾回國，實踐她那「我欲雙手援祖國」、「頻傾赤血救同胞」的偉大抱負。她回國後在致王時澤的信中表示：「吾自庚子以來，已置吾生命於不顧，即不獲成功而死，亦吾所不悔也。」秋瑾就是以這樣全新的精神境界，以全部身心迎接新的鬥爭，進入了她生命中最後的，也是最燦爛的階段。她首先創辦了《中國女報》，向女界宣傳革命。秋瑾是婦女解放的宣傳者，更是實踐者，她沒有為惡劣的社會環境所嚇倒，毅然衝破重重阻力，參加革命，與王廷鈞「談判離婚」。她的行動，為爭取與男子平等地位的廣大婦女做出了榜樣，這在近代婦女解放史上，有著重要的意義。同時，她還積極準備進行武裝鬥爭。一九〇七年七月，徐錫麟與秋瑾決定在安徽安慶，浙江金華、紹興等地同時起義，消滅清政府在東南沿海的軍隊。由於目標暴露，起義提前，打亂了原先的部署，秋瑾陷入被動。同志們勸她暫時離開紹興避難，她婉言謝絕。七月十三日下午，清軍包圍了起義指揮部，秋瑾一面從容指揮抗擊，一面命令起義同志向後方突圍，同時鎮定地燒毀了起義組織的重要文件。這時，清兵擁入，秋瑾被捕。紹興府連夜密審，秋瑾臨危不懼，剛強不屈。當敵人最後要她在供詞上簽字時，她憤然提筆，揮筆寫下「秋風秋雨愁煞人」七個大字，以表示對起義失敗的惋惜和對祖國命運的擔憂。

一九〇七年七月一五日，秋瑾身穿白布衫，黑紗褲，從容自若地走向刑場，死時年僅三十歲。一代巾幗英雄雖然犧牲了，但其丹心碧血、高風亮節依然光耀千秋，永載史冊！

## 鄒容：「革命軍中馬前卒」

提起辛亥革命的先烈鄒容，人們自然會想起吳玉章的詩〈紀念鄒容烈士〉：

少年壯志掃胡塵，叱吒風雲《革命軍》。
號角一聲驚睡夢，英雄四起挽沉淪。
剪刀除辮人稱快，鐵檻捐軀世不平。
風雨巴山遺恨遠，至今人念大將軍。

這首七言絕句，極為精練地勾勒出鄒容光輝短暫的一生，對他尋求救國救民真理而矢志奮鬥、呼號奔走，直至英勇獻身的事蹟，作了高度的概括和肯定。讀其詩，如見其人。

鄒容（一八八五－一九〇五年），原名紹陶，譜名桂文，字蔚丹，又作威丹。光緒十一年（一八八五年）生在四川巴縣一個富裕的商家。他生活成長的那個時代，正是中國遭受帝國主義列強侵略、瓜分的年代。落後的中國處處挨打，幾乎遍體鱗傷，特別是光緒二十年（一八九四年）的中日甲午戰爭，喪權辱國的清政府把處於內陸地區的重慶也開為商埠，成為帝國主義侵略的據點之一，使他幼小的心靈受到列強瓜分中國狂潮的襲擊。光緒二十四年（一八九八年），康有為、梁啟超為了救亡圖存進行的戊戌變法，竟遭到清政府的扼殺，「六君子」也被送上斷頭臺。光緒二十六年（一九〇〇年），義和團義士們發動的反對帝國主義的運動，又被血腥鎮壓。面對祖國遭受的這些災難和巨大的創傷，鄒容震驚、惶惑，這也促使他很快地成長起來，鞭策他踏著烈士的血，繼續尋求救國救民的真理。

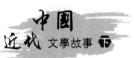

但是，尋求救國救民真理的道路，並不平坦，還布滿荊棘、陷阱。道路的曲折、艱難，使鄒容沒有按照父輩給自己安排的老路去走。光緒十七年（一八九一年），六歲的鄒容，被父親送進私塾去讀四書、五經。六年後的光緒二十三年（一八九七年），他承父命，與哥哥一起去參加巴縣的童生考試。他拿起卷子，看上面都是些生僻古怪、與現實毫無關係的試題，他立時怒火攻心，就想撕破卷子。他要求主考官能給自己解釋一些難認的詞句，考官不僅不作說明，還把他訓斥了一頓。他心中的怒火，這下點燃了起來，他甩下試卷，憤憤地退出考場，用罷考回敬了考官。從此，他立下決心，表示「臭八股不願學」，拒絕了父輩給自己設置的科舉老路，開始同舊傳統決裂。他把古代的〈神童詩〉按照自己的體會作了一番修改：「少小休勤學，文章誤了身。貪官與汙吏，盡是讀書人。」對科場、官場都作了辛辣的嘲諷。

在尋求救國救民真理道路的時候，他把當時出版發行的一些新書、新報刊當做重要的線索，如飢似渴地閱讀；對孔孟之道與儒家經典，百般指責，甚至批駁得體無完膚。像章太炎在〈贈大將軍鄒君墓表〉中說的：「指天畫地，非堯舜，薄周孔，無所避。」對嚴復翻譯的《天演論》和維新派的重要刊物《時務報》，精心讀覽，倍加讚賞。當他在十四歲那年，從《時務報》上了解到戊戌變法的許多文章後，十分推崇。得知變法六君子遭殺戮後，義憤填膺。他把譚嗣同的遺像懸掛在自己座旁，每日悼奠，還在像邊題詩一首，明心顯志。詩曰：

赫赫譚君故，湖湘士氣衰。
唯冀後來者，繼起志勿灰。

他要以一個「後來者」的身份，矢志走先烈未竟的革新道路。

光緒二十一年（一九○一年），鄒容毅然從家庭出走。當年，他參加了在成都舉行的赴日留學生考試，後又進入經學書院讀書，到上海補習日語，多方武裝自己。光緒二十二年（一九○二年）春天，自費到日本東京同文書院留學，進一步尋求救國救民的真理。在日本，他接觸到更多新書、新思想、新理論。孟德斯鳩的《萬法精理》、盧梭的《民約論》，都成了藉以武裝自己頭腦、矢志革命的教科書。他也從美國的獨立戰爭與法國大革命的歷史論著中，汲取了許多營養。同時，又在一系列的留日學生愛國鬥爭的實踐中，不斷提高自己，武裝自己。也就在這一不平常的時期裡，他醞釀著寫一本《革命軍》的通俗革命讀物。

光緒二十九年（一九○三年），鄒容在日本同陳天華等五百人參加了黃興等發起組建的拒俄義勇軍，還在錦輝館拒俄大會上強烈抗議沙俄侵占我國東北三省的罪行。千人大會痛斥了清政府的喪權辱國、賣國求榮，提出了推翻清朝統治的口號。也就在這一年的三月三十一日，他為懲罰留日陸軍學生監督姚文甫的腐化墮落和破壞革命，約集了幾個好同學，闖進姚的住所，當面揭露他的罪行與無恥行徑，並抽出剪刀，按下頭，把姚文甫的髮辮齊根剪掉，懸掛在留學生會館的屋梁上示眾。結果引起清留日學生負責人蔡鈞的嫉恨，百般迫害他。鄒容迫於無奈，四月底返回祖國上海。

在上海，鄒容參加了章太炎組織的愛國學社，結識了章太炎、章士釗、柳亞子等一批愛國志士，還與章太炎結拜為兄弟。五月他的《革命軍》完成，請太炎潤色，太炎讀後，倍加讚賞，還寫了序。

《革命軍》全文分七章，兩萬餘言。分緒論、革命之原因、革命之教育、革命必剖清人種、革命必先去奴隸之根性、革命獨立之大義、結論。作者欄自署「革命軍中馬前卒」。全書通篇洋溢著一個革命志士充沛的激情，成為中國民主革命最響亮的號角。《革命軍》作為一本政治讀物，激昂慷慨，擲地有聲，有對傳統的深揭狠批，也有對外國思想的吸取借鑑，還有對革命理想的宣傳和推廣。它明白地指出：「中國之所謂二十四朝之史，實一部大奴隸史也」；「宴息於專制政體之下者，無往而非奴隸也。」號召人們清除奴隸根性。在思想上，作者把盧梭的自由、平等、博愛、天賦人權等當做核心，大力宣傳，並把它當做招我神州之魂的寶幡。書中對革命充滿信心，大聲疾呼：

革命者，天演之公例也。革命者，世界之公理也。革命者，爭存爭亡過渡時代之要義也。革命者，順乎天而應乎人者也。革命者，去腐朽而存良善者也。革命者，由野蠻而進文明者也。革命者，除奴隸而為主人者也。

……

我中國今日欲脫滿洲人之羈縛，不可不革命；我中國欲獨立，不可不革命；我中國欲長存於二十世紀新世界上，不可不革命；我中國欲為地球上名國、地球上主人翁，不可不革命。

《革命軍》的出版，猶如驚雷，引起廣泛的反響，風行海內外，對人們從資產階級改良主義思想躍進到資產階級革命思想，起了極大的促進作用。當然，也引起了反動統治階級的注意，因此又有「蘇報案」的發生。

## 情僧蘇曼殊與創譯的《慘世界》

中國近代文學史上著名的詩人蘇曼殊（一八八四——一九一八年），其原籍為廣東香山縣，祖父及父親皆為商人。其父蘇杰生曾是日本橫濱某英商洋行的買辦，以其旅日華僑的富商身份，娶過一妻三妾。長妾河合仙是日本人，其妹若子也曾久居蘇家，助理家務。然而不知為何鬼使神差，傑生與若子發生了性愛關係，其結果便是曼殊的誕生。這麼說來，曼殊既是私生子，又是混血兒了。由此似乎決定了他此後一生的不幸：在宗法觀念嚴重、華夷有別的封建社會裡，蘇曼殊這種「不光彩」的出身，勢必會遭到來自許多方面的或明或暗的歧視。即使在自己的家中也受到了虐待，生母剛生下他不久便被逐出門，使他長期受著後娘的虐待。他在十三歲時曾經生了一場大病，不僅得不到治療，反而被「置之柴房以待斃」。由此可見他是在怎樣的家境中長大的。

在苦難中，蘇曼殊神往於宗教世界，這種心情的發生是世界性的文化現象，本不足怪。但奇怪的是削髮為僧後的蘇曼殊並未完全「宗教化」，相反，在易於動情、善於表情方面較一般正常人似乎還要強過許多倍。從大者來說，他雖已入空門，但卻仍然關心民族國家的危亡（儘管他只是「半個中國人」）、人民的苦難，積極結交革命友人，「云空未必空」，情繫社稷，以愛國志士的身份同章太炎、陳獨秀、孫中山等人共同謀求民族的解放；從小者來說，亦即僅從他個人私情方面說，他也是一位有名的情種，在這一點上他是可以與賈寶玉媲美的：他在短暫的一生中，與年輕的異性接觸甚多。有「斜插蓬蓬美且鬈」的靜子，有「盡日傷心不見人」的金鳳，有「無量春愁無量恨」的百助，有「搗蓮煮麝春情斷」的花雪南，有「殷殷勗勗以歸計」的雪鴻，還有張娟娟、桐花館、好好、惠姬、素雲、小如意、小楊月樓，以及國香、湘痕、阿可、真真、棠姬、阿蕉、明珠、海珊、輕輕等。這些女子大都愛慕曼殊的年輕倜儻、才華絕世，真心地愛戀著他。這裡有的是國外的，有的是國內的；有的是淑女，有的則是妓女。試想，一個遁入空門的人竟如此「到處留情」，儘管多屬精神戀，且程度各異，也怪不得人們驚奇之餘，要用「情僧」，甚至「風流和尚」這樣的話來形容他了。蘇曼殊確實是一個情種，但由於宗教信仰和要傾力從事革命事業等方面的原因，使他又壓抑著自己的情愛衝動，迫使其轉化或昇華為一種精神戀，並結晶為精神的產品——小說及詩文。

就小說方面說，曼殊可謂大手筆，被研究者稱有「雪芹之風」，如他的名篇《斷鴻零雁記》，在一些地方便頗具紅樓筆意，彷彿又是一部《情僧錄》（常楓〈蘇曼殊與《紅樓夢》〉）。這部作品作於一九一二年，人們稱此作是曼殊的「自傳小說」。這種說法即使不完全準確，但也基本上是合乎實際的，曼殊在其他小說中，如《絳紗記》、《焚劍記》、《碎簪記》、《非夢記》等等，也都是寫青年男女戀愛悲劇的，其中均投入了自己豐富的情愛體驗，尤其是對真摯的男女情愛總要受到當時封建社會的摧殘這一點，感觸極深，故而他筆下的愛情，莫不是以悲劇結束的。這對於中國古代小說崇尚「大團圓」結局的寫法來說，顯然更合乎歷史的真實。

蘇曼殊筆下的女子幾乎無不娟好多情，並且都為進入小說中的「餘」（我）所真誠地喜愛著。讀《斷鴻零雁記》便會獲得這樣的強烈印象：小說中的這位「三郎」太像賈寶玉了，他對女子的態度是那樣體貼、尊重，同時他也獲得了女子的青睞。幾乎所有的多情女都盼著有個多情郎。從蘇曼殊的小說中、詩歌中（如〈燕子龕詩〉），可以很明顯地看到蘇曼殊自己的影子，而這影子又與寶玉這位「情種」疊合起來，甚至讓人感到受戒後的曼殊竟比未受戒的寶玉更易於動情；同時也更痛苦。

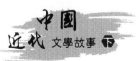

蘇曼殊固然是個「情僧」，但他更是個革命者，一個充滿激情的「反清」的革命者。

一九〇三年，蘇曼殊所譯的囂俄《慘社會》（即雨果《悲慘世界》）在上海的一家報紙上連載，第一次向國人介紹了雨果的作品。次年由上海鏡今書局出版了十四回單行本，書名為《慘世界》。其中，曼殊將《悲慘世界》中的主人公冉阿讓改譯為「金華賤」，已是別有寄託了。更有意味的是，在作品第七回就開始講述了另一個與原著不同的故事——他悄悄地開始引導讀者走上仇滿反滿的革命道路。在這個故事中出現了一個雨果原著中沒有的重要人物，他姓「明」名「白」，字為「男德」（寓意「難得明白」）。男德是個同情勞苦人民、行俠仗義的民間英雄。一天，他從報上看到一個安分守己的窮工人，為了全家人幾天未吃飯、飢餓難忍的緣故，情急之中偷了一塊麵包，結果被抓住送到了官衙，定了夜入人家竊盜的罪名，關了起來。男德看畢報紙，憤憤不平，心想：「那金華賤只因家裡沒有飯吃，是不得已的事情。你看那班財主，一個個的只知道臭銅錢，哪裡還曉得世界上工人的那般辛苦？要說起那班狗官，我也更不屑說他了。怎麼因為這樣小小的事情，就定他監禁的罪名呢？」由此他還想到「慘社會」裡普遍存在的貧富不均的種種不公平的事情，愈想愈氣，拍案而起，決心設法將金華賤從獄中救出。於是他一個人離開了家門，一路上要飯前行，輾轉打聽，費時近一年，才找到了金華賤坐牢的地方，又經過許多周折，冒著生命危險，終於將金華賤從監獄中救了出來。

救了金華賤，男德在官府眼中便成了罪人。但男德毫不畏懼，決心繼續與惡吏狗官進行鬥爭。就在他救出金華賤返回的路上，他又從一位老婦人那裡聽到了滿週苟（諧音「滿洲狗」）欺壓老百姓的諸多事情。聽畢，頓時又按捺不住，馬上對老婦人說道：「大娘，我男德定要替你出了這口惡氣，才得過去。」於是他便著手計劃怎樣巧妙地接近滿週苟，以便趁機殺掉這個強搶豪奪、作惡多端的傢伙。在這一懲罰惡人的並不順利的過程中，男德卻比較順利地解救了一位淪為暗娼的不幸的姑娘。她叫孔美麗，有著不幸的身世。男德非常同情和理解這位淪落風塵的美人，並和她甘苦與共、危難互助，較快地產生了熱烈的戀情。這樣就不可避免地使他陷入了一種深深的矛盾之中：是冒險繼續執行懲治惡官酷吏的計劃呢，還是中止這一計劃與心愛的美人攜手陶醉在溫柔鄉之中呢？男德畢竟是「難得」的英雄，伸張正義的使命感使他還是義無反顧地走上了「犯罪」的道路。他為了達到目的，來到了滿週苟所在的非弱士村，化名為項仁傑，在一家雜貨店裡打工，藉此掩護自己，並伺機實施殺掉滿週苟這個非弱士村的惡霸的計劃。果然，功夫不負苦心人，天賜良機，男德在一個夜晚用雜貨店的大柴刀劈殺了惡貫滿盈的滿週苟。「案發」後，官府通令各地，懸賞銀元五萬用來緝拿兇手。為了不牽連他人，包括自己心愛的孔美麗，男德毅然離開了凶險之地，獨自潛往尚海

（諧音「上海」）。臨行前，他向雜貨店老闆陳述了實情，並託好心的雜貨店老闆照料孔美麗，設法為她找個好婆家。

到了尚海後，男德參加了革命黨會堂，自覺地追求民主共和的政治理想。他心堅似鐵、視死如歸，到一些城市去積極活動，發展組織，宣傳革命，由一個俠客式的英雄逐漸成長為一個老練的革命戰士。後來，當他得知他的戀人為他殉情時，痛苦地流下了許多熱淚，卻並不因此而消沉下去；當他得知曾經掩護他的雜貨店老闆被官府殺害時，他也竭力控制住自己的憤怒和馬上就要報仇的衝動，反過來勸說雜貨店老闆的兒子：「殺父冤仇，原不可不報。但自我看起來，你既然能捨一命為父報仇，不如索性大起義兵，將這班滿朝文武，揀那黑心肝的，殺個乾淨；那不但報了私仇，而且替這全國的人，消了許多不平的冤恨。你道這不是一舉而兩得麼？」男德對革命有了較深的理解，在行動上也便有了堅決的選擇。後來，他參與了行刺推行君主專制的暴君的計劃，他擔當了最危險的角色——引爆炸藥的刺客。他在暴君前往戲園觀劇的途中引爆了炸藥，但因為暴君所坐的御車遲到了幾步，未能將暴君炸死。行刺既未成功，危難中為了不牽連別人，男德自殺，用生命譜寫了一曲革命之歌，成了近代意義上的「荊軻」：

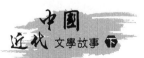

易水蕭蕭人去也，
一天明月白如霜。

蘇曼殊在翻譯雨果《悲慘世界》時的這種「借題發揮」，已屬於別出機杼、另行創造了。曼殊這個情僧，是一個悲劇性的情僧，三十四歲便淒涼地病逝了——他最終是色也空，佛也空，只有詩未空！

# 國學大師學者王國維

在近代史上，有位學貫中西、享譽海內外的、人稱國學大師的學者，他，就是王國維。

王國維（一八七七－一九二七年），字靜安，又字伯隅，號觀堂、永觀。出生在浙江海寧一個兼營商業的地主家庭。從小刻苦好學，無書不讀。光緒八年（一八九二年）十六歲中秀才，次年進杭州崇文書院，因為不喜八股文，兩次參加鄉試，都名落孫山。光緒十年（一八九四年）的中日甲午戰爭，給他思想上很大的刺激。從此，有意於新學，開始尋求救國救民的真理，陸續接觸到西方一些文化典籍與文化思想。光緒二十四年（一八九八年）北游至上海，擔任維新派機關刊物《時務報》的書記、校讎的工作，業餘又入羅振玉（一八六六－一九四〇年）創辦的東文學社學習日語，曾作扇頭詩，有「天下壯觀君知否，黑海西頭望大秦」之句，表現出他的放眼世界、納百海為一己的豪放性格，因此也受到羅振玉的賞識。「百日維新」失敗後，《時務報》被清政府查封。他接受羅振玉的聘請，擔任東文學社庶務，克勤克儉，任勞任怨。這時，他仍充分利用這一有利時機和便利條件，多方武裝自己，繼續學習數學、物理、化學、哲學和英語，鍥而不捨。光緒二十七年（一九〇一年），他受到羅振玉的資助赴日本東京物理學校留學，接觸了較多的西方哲學與自然科學知識。第二年因病回國，出任南洋公學虹口分校執事。從此，他專心從事哲學研究。王國維特別喜歡德國近代哲學，對康德、叔本華和尼采的哲學論著更是如醉如痴，竭思殫慮。

光緒三十二年（一九〇六年）春夏之際，王國維隨羅振玉入京，次年（一九〇七年）經羅振玉引薦受命在學部總務司行走，後充任京師圖書館編譯局編譯，名辭館協調。他利用這一有利時機，開始從事中國古典詞曲的研究。從光緒三十四年（一九〇八年）到中華民國元年（一九一二年）的五年時間裡，他竟完成了十部在中國藝術史上甚至也在世界藝術史上都有著深刻影響的學術論著。

如此旺盛的精力，勤奮的治學，開拓的精神，實在令人敬仰之極。《宋元戲曲考》不僅是王國維戲曲研究的劃時代的著作，推翻了長期以來正統文人對戲曲的偏見，從文學以至美學的角度，給宋元戲曲文學以崇高的評價，填補了藝術史研究的空白，而且戲曲被寫進中國文學史，也從此開始。其中嚴謹的治學態度，科學的精神，融合中西、貫通古今、獨闢蹊徑的治學方法，都是震古爍今的。

國學大師王國維的《宋元戲曲史》，是中國戲曲史研究的開山之作，也是我國古代戲曲理論史上的一部里程碑式的論著，有著不朽的光輝。《宋元戲曲史》原名《宋元戲曲考》，完成於中華民國元年（一九一二年），是王國維多年從事中國戲曲史的心血結晶。

王國維的《人間詞話》，堪稱我國詩話、詞話中一顆晶瑩剔透的珠玉，近百年來一直為人們所器重、讚嘆。《人間詞話》最初發表在《國粹學報》的四十七至五十期上，共六十四則。他去世後，他的學生趙萬里又將其未發表的一部分四十八則刊於《小說月報》第十九卷三號（一九二七年）上。

一九六〇年，人民文學出版社出版了徐調孚校注本，又增輯了一些零星的詞話二十九則，成為目前最完備的版本。其寫作時間是光緒三十四年（一九〇八年）。

《人間詞話》最引人注目的，是以「境界」作為自己審美批評的理論基礎。「境界」一詞雖然並不是王國維的首創，但是他卻在前人基礎上，有著創造性的發揮，從而形成了一個完整的、有獨創性的文學批評與創作的理論體系。王國維〈紅樓夢評論〉是近代熱鬧的「紅學」中一篇橫空出世的傑作。一、它改變了長期以來評紅中那種隨筆式的評點和索隱式的附會；第一次把《紅樓夢》研究提升到藝術哲學的高度去作系統的研究。二、在具體形式上也突破了傳統評點的支離破碎，而成為一部《紅樓夢》研究的專著、專論。三、以美學範疇的悲劇觀念來評論《紅樓夢》。四、按照叔本華的觀點，創建了中國近代藝術哲學。《紅樓夢評論》對當時《紅樓夢》研究中的「索隱」和「影射」與種種猜測的批評，也有不少值得肯定的地方。

總的來說，這篇獨樹一幟的〈紅樓夢評論〉，儘管還存在著時人與後人不能同意的地方，但它首先把西方美學引入中國古典文學的評論中，並建立了自己完整的理論體系和嚴謹的思辨邏輯框架，具有一種開拓精神；他的悲劇論在中國文學批評方法的拓新上，也是應該給以充分肯定的。

一九二七年六月二日中午，一個瘦骨嶙峋的中年男子，戴著一副眼鏡，從頤和園門口走到排雲殿前的魚藻軒，面對浩蕩的昆明湖，口裡銜著一支燃著的卷煙，兀立沉思，接著他突然自沉湖中。不遠處，一位正在打掃湖濱道路的清潔工（當時叫清道夫）見他投水，隨即跳入水中搶救，不到一分鐘的時間，就把投水人救上了岸，誰知人已斷氣。他是誰？原來，他就是當時大名鼎鼎的清華大學研究院教授、一代國學大師王國維。

王國維到底是為什麼自沉於昆明湖呢？史學界歷來眾說紛紜。第一種說法是出於「忠君」、「殉清」。第二種說法是王國維自以為中華傳統文化的總崩潰已經降臨，懼怕「革命」而死。

第三種說法是王國維為保持「人格不受侮辱」。

第四種說法認為王國維是羅振玉逼迫致死的。郭沫若和溥儀力主此說。但他們所羅列的事實，實在經不起駁詰。

第五種說法是蕭艾在《王國維評傳》中分析的：王國維之死的根本原因是叔本華的悲觀主義的人生觀和疾病的痛苦以及時局對王國維的影響。

王國維的死毫無疑問是一個大悲劇。千百年來封建專制統治下的中國知識分子的前途選擇，基本有兩條：一個是謀「要津」，做大官；再一個是永「直節」，做學問。王國維即屬於後者。在這個意義上，他的死，又是一個有「直節」、有學問的中國知識分子的悲劇；其所以被後人同情和敬重的，也許正在於此。

## 國粹大師：伶聖汪笑儂

宣統年間（一九〇九—一九一一年），遼寧濱海城市大連市的一個戲院裡，人山人海，水洩不通。人們仰頭翹首，急切地盼著戲的開場。臺上開場鑼鼓一響，臺下滿座皆靜。這天演的是京劇《哭祖廟》。當演員唱到「國破家亡，死了乾淨」八個字時，全場又掌聲雷動。這掌聲幾乎也攪動了整個渤海與黃海，波浪滾滾，震天動地。這就是京劇演員，人稱「伶聖」的汪笑儂演《哭祖廟》後的效果。

汪笑儂（一八五八—一九一八年），本名德克金。出生在北京的一個滿族旗人家庭，幼年曾入八旗學校。二十一歲（一八七九年）中舉人。父母親都希望他能走科舉的道路，光宗耀祖。他卻生性放蕩，不屑於走仕途經濟之路，公開宣揚自己的人生哲學，每日出入戲園、茶館，流連忘返在當時名氣很大的三慶徽班，與許多伶人交朋友，學演戲，還學詩作畫寫唱本，幾乎把自己所學的漢族的文化知識，都用在這一方面。好心的朋友勸他改弦更張，讀書上進，他總是笑著回答他們：「我不願作書卷中的蠹蟲。」笑傲王侯，詩酒自娛；行俠仗義，不拘形跡，有錢就周濟周圍的窮朋友，有時和他們結為至交。他親眼看到當時朝廷的腐敗無能，社會的積貧動亂，想借酒澆愁，誰知借酒澆愁愁更愁，大醉後，破口罵街，一吐自己胸中積鬱。

做父母的都盼子成龍，他父母發現他根本不把科舉放在心上，就出巨資給他捐了一個縣官。汪笑儂也迫於無奈，聽從父母的勸告，到河南省大康縣去做知縣。可是狂狷成性的汪笑儂，仍經常出入酒館樂樓，同親隨、幕僚們高歌唱和，引起當地豪紳的不滿。也就在這一時期，他實在看不慣當地豪紳的橫行鄉里、肆虐無憚，就開堂審處了其中一個罪大惡極的。這樣竟引起他們的公憤，聯名上書河南巡撫，結果強龍難壓地頭蛇，他被削職，回到北京。親朋嘆息，他卻立馬揚鞭，瀟灑地對他們說：「幸能擺脫桎梏，現在，我可又逍遙自在了！」從此，汪笑儂就一個心思地去票戲，混跡在京劇行中，人稱「伶隱」。宣統年間，他在山東濟南富貴園與劉永春的散華園唱對臺戲，兩個人同時唱《捉放曹》時，劉永春為了壓倒他，扮曹操出場時，就把原唱詞中的「八月中秋桂花香」改為「八月中秋桂花開」，扮陳宮的汪笑儂，一聽這一改，給自己的下一句造成很大的困難，因為「香」韻的接應句是「行人路上馬蹄忙」。他也知道這是劉永春在給自己出難題，使絆子，就靈機一動，改原唱詞為：「棄官拋印隨他來。」

贏得滿場喝彩。熟悉劇情和唱腔的觀眾，都連聲稱讚他思路敏捷，應對無懈可擊。

此後的二十年間，汪笑儂在北京專心致志地從事京劇藝術，從舞臺表演藝術上的唱、做、念、打、舞，到戲曲文學上的編劇、創作，以至理論研究，都有一些成績，成為當時京劇界的名流。

光緒年間，北京京劇界最享盛名的鬚生，是孫菊仙、汪桂芬和譚鑫培，人稱「新三鼎甲」，與前期的老三鼎甲程長庚、余三勝和張二奎齊名。譚鑫培（一八四七—一九一七年），時人共稱為「伶界大王」，在京劇老生這一行藝術成就極高，他的唱腔悠揚婉轉，世稱「譚派」，一時風靡京師。他的藝名為「叫天」，當時有「家國興亡誰管得，滿城爭說叫天兒」的諺語。他也十分自負，目中無人。當汪笑儂從外地回京時，譚鑫培竟破例歡迎他，還特別置酒為他洗塵。酒席間，譚鑫培意味深長地對他說：

> 菊仙氣質甚粗，予亦日趨老境，來日之盟主，實讓於使君。使君之學問，為吾輩所不及。咬字之切，吐音之真，亦為吾所不及。
>
> ——《京劇二百年之歷史》

也就在這一時期，他去拜謁新三鼎甲之一的汪桂芬，希望得到這位得傳程長庚沉痛悲壯風格的汪派創始人的提攜和教誨。誰知當他談到自己的打算後，汪桂芬不僅不表示贊同，還輕蔑地笑著說：「談何容易。」這時，虛心學習京劇，並希望在京劇藝術上有所建樹的汪笑儂，不覺臉發紅，心意灰，受到了極大的刺激。他從汪家回去後，更加奮發圖強，多方學習，苦心鑽研，決心實現自己的意願，從此改名「汪笑儂」，常用此自勉、自警、自策。結果，終於成為一代名伶，時稱「伶聖」，與新三鼎甲中的孫菊仙齊名共稱。

作為一代京劇表演藝術家的汪笑儂是個全才。他的唱腔，不僅能放，而且能蘊蓄，遇有細膩的感情，也能運用迂迴曲折的腔調，巧妙地表達出來。蒼老遒勁的風格，最適合於慷慨悲歌。《張松獻圖》、《馬前潑水》、《哭祖廟》、《受禪臺》，都是他拿手名作。《哭祖廟》接連七段八十多句的反二黃，能一氣呵成；吐字咬字真準，行腔抑揚吞吐，重視韻趣，收句落音也能放，前細後重，如「炸彈」；做工表情以細緻逼真、結合劇情著稱。這都和他的漂泊四方、虛心向各地藝人名流學習有著不可分割的關係。周信芳稱他「內工、外工，均臻絕頂」。

艱苦豐富的京劇藝術實踐，為他在戲曲文學創作上積累了十分可貴而難得的經驗，進而成就了他在京劇劇本創作上的偉大業績。

# 成兆才創作的評劇劇目

二十世紀初葉，在地方戲曲陣營中，湧現出一大批由民間說唱藝術發展而成的地方戲曲劇種，為璀璨奪目的中國戲曲百花園裡增添了異彩，濃郁、清新的地方特色與生活氣息，使人們更加悅目、陶醉。河北省的評劇，就是這百花園中的一支奇葩。

評劇是在當地民間說唱藝術的基礎上發展成長起來的。

在河北省東部的灤縣、遷安、玉田、三河及寶坻一帶農村，民間普遍流傳著一種名叫「蓮花落」的說唱藝術和「蹦蹦」的歌舞。這種「蓮花落」使用的主要樂器，是用繩子穿連在一起的七塊竹板，名字叫蓮花落，人物是一男丑和一女丑，邊打竹板邊唱。很多人藉此謀生。清末已經分角色坐唱，角色也增加到六人。經常演唱的節目有《王二姐思夫》、《楊二舍化緣》、《王三小趕腳》、《王大娘鋸大缸》等；蹦蹦原來是一種流行在遼東一帶農村的小型歌舞，一丑一旦，也使用蓮花落作伴奏，自打自唱，且唱且舞，能演唱《大西廂》、《藍橋會》、《打登州》、《雙鎖山》等節目。後來由藝人帶到冀東一帶。由於二省所用樂器和音樂基本相同，很快為當地藝人接受。宣統年間，蹦蹦戲班社進入唐山茶社演出，為了吸引聽眾，藝人成兆才等在原有基礎上作了一些改進，如改原第三人稱的說唱為第一人稱的演唱，改原單一的唱腔為分角色行當使用的唱腔，借鑑並採用了河北梆子的樂器伴奏，取名「平腔梆子戲」。同時他們也創作了一些反映現實生活的新劇目，推動了這一藝術的發展。在這一推動從蹦蹦戲發展成評劇的進程中，作出很大貢獻的是著名藝人和劇作家成兆才。

成兆才（一八七四—一九二九年），字捷三，一字潔三，藝名東來順，河北省灤縣人。出身於貧苦農民家庭，十八歲時從蓮花落藝人金開福學藝，初學旦角，後演老生、老旦、丑等角色，吹拉彈唱，無所不能，曾輾轉流浪演出在冀東很多縣，並賴以謀生。由於他酷愛藝術，又刻苦好學，不斷提高演唱技藝，到光緒末年，已經成為冀東一帶小有名氣的蓮花落職業藝人。這時他與金菊花、孫鳳鳴、孫鳳崗等藝人一起成立了蹦蹦戲小社班，活動在冀東一帶農村，並不斷吸收其他姊妹藝術的營養，進行了不少改進，為蹦蹦戲的由地攤子搬上舞臺，做了許多有益的準備。宣統二年（一九〇九年），他又與著名藝人月明珠、余鈺波、姚及盛等在唐山組建蓮花落班社，取名慶春班（後改名警世社），借鑑梆子腔、京劇等一些大型戲曲的唱腔、表演程式、角色行當、音樂伴奏的藝術經驗，對蓮花落進行了全面的改造，使之適應城市舞臺的演出，將原先第三人稱的說唱故事改為由演員分角色扮演劇中人物的代言體演唱；以蹦蹦音樂為基礎吸收冀東民間說唱音樂，創造了適於行當使用的唱腔音樂；在文武場面的樂器伴奏上，大膽地全部採用河北梆子的成果，改蓮花落為「平腔梆子戲」，成為最早的評劇藝術。辛亥革命後，他在當時戲曲改良的風潮中，緊跟形勢，改編、移植、創作了許多反映現實生活的新戲，使這一新劇種能夠適應時代，在廣大人民群眾中站穩腳跟。他也成為評劇發展史上的一大功臣。

　　作為一個有成就的劇作家，成兆才一生編創的劇本達百餘種。大體上可以分三種類型。一類是根據傳統蓮花落舊本加以整理改編的劇目。如《馬寡婦開店》、《高成藉嫂》、《王二姐思夫》、《劉翠屏哭井》、《六月雪》、《王定保借當》、《張彥趕船》、《井臺會》等，人物形象鮮明，語言生動，生活氣息濃厚，有著濃郁的冀東地方色彩。另一類是根據《今古奇觀》、《聊齋志異》等改編的劇目。如《杜十娘》、《占花魁》、《珍珠衫》、《花為媒》、《王少安趕船》、《夜審周子琴》、《因果美報》等，描寫男女愛情，直截了當，明朗痛快，形象鮮明。再一類是創作劇目，有《楊三姐告狀》、《槍斃閻瑞生》、《安重根刺伊滕博文》等，表現出作者的反映現實生活的激情，有著強烈的時代特色。

在如此眾多的劇本中，《花為媒》與《楊三姐告狀》，影響較大，也成為成兆才的評劇代表作。

《花為媒》又名《張五可》、《張王巧配》，是根據蒲松齡《聊齋志異・寄生》改編而成。寫王少安在父親壽誕日與表姐李月娥相見，互相愛慕。不久，少安遣媒向月娥求婚，遭到月娥父親的反對。後少安又經阮媽介紹認識少女張五可。五可一見鍾情，願嫁少安為妻，可是，少安此時仍不忘情於表姐月娥，不願成婚。五可聽到這一消息後，憤憤不平，認為少安輕視自己，就同阮媽設計引誘少安到花園幽會。當少安在花園裡見到五可時，發現五可姿豔色美，傾心之極，就以園中之花做媒人，訂了百年之好。這一消息傳到月娥耳中後，又引發出月娥的一場相思病。後來，月娥又和母親商量，在少安與五可成親之日提前趕赴少安洞房，二人成婚。待五可嫁時，發現此中情況，引起雙方糾紛。最後少安遂娶二女為妻。全劇詼諧、潑辣，生活氣息濃厚，人物形象豐滿，主張婚姻自由的思想也相當鮮明。

《楊三姐告狀》是根據當時灤縣發生的一宗真實案件創作的現實劇。寫中華民國初年，灤縣地主高占英吃喝嫖賭無所不為，把自己的妻子楊二姐害死。他也自知有罪，就千方百計用錢賄賂官府，最後買通幫審牛誠，草草了結。二姐的妹妹楊三姐，知道此中冤情，就上縣、州、府告狀，為姐姐申冤，但都因為高家的賄賂與官府的貪贓枉法，未能為其申冤。但她矢志不改，層層上告，最後才打贏官司，為楊二姐申了冤。劇本揭露了地主的殘酷、官府的黑暗，歌頌了楊三姐不畏強暴、勇於鬥爭的精神。此劇也成為評劇久演不衰的劇目。

# 曲學泰斗吳梅

吳梅（一八八四—一九三九年），字瞿安，江蘇人。他對中國戲曲、尤其是中國古典戲曲，不僅在理論研究方面有著極高的造詣，而且在具體實踐方面，也有著他人無法企及的成就。理論研究與藝術實踐二者的不動聲色的結合，使他成為近現代中國戲曲學的泰斗。正是這一曲學泰斗，最先把中國戲曲作為一門學科，搬進高等學校的課堂，開出了一系列的課程，「導夫先路」。

吳梅是一九一七年九月應北京大學的聘請，開始在高等學校講授曲學的。這一年，他才三十四歲。

北京的秋天，天高氣爽。吳梅帶了幾本書，拿著一把竹笛走進教室，開始了近代史上第一堂曲學課程。這就是《曲學通論》。在當時，一般學生都特別重視經、史而輕視詞曲，還認為詞曲是小道，研究它是不識時務。因此，有的學生笑他，有的竊竊私語，議論他。但是吳梅仍然像他當年從事詞曲研究那樣滿懷信心。在講授南北曲的十七宮調時，他一邊講，一邊用笛子吹奏，課堂氣氛活躍，學生興趣也越來越濃。不少學生還到他的住處去登門求教。許之衡等人還把他的講課內容及平日提問答疑，一一記錄下來，成為自己繼吳梅之後在北京大學繼續教曲學的重要經驗。吳梅教學認真，誨人不倦，從不遲到早退，而且經常親自指導學生讀曲、度曲、演唱，有時也和學生一起排演崑曲劇目。從而招引得北京一些戲曲藝人也向他求教，拜他為師。韓世昌、梅蘭芳、鮮靈芝等都曾跟他學習崑曲。他的《日記》中就寫道：「京師自亂彈盛行，崑調已成絕響。吾丁巳寓京，僅天樂園有高陽班，尚奏演南北曲，其旦名韓世昌，曾就餘授曲幾支也。」又說：「韓伶世昌來，為餘北京時拜門弟子。」他的〈擬西施辭越歌〉也記載了這方面的事。當時女伶鮮靈芝（秦腔青衣藝人丁靈芝的妻子）演昆曲《浣紗記》時，找不到《西施辭越》一出的曲譜小詞，就去找吳梅。吳梅隨即給她譜了全折五支曲子。這就是〈繡帶兒〉、〈引駕引〉、〈怨別離〉、〈癡冤家〉、〈滿園春〉五調和詞。後來，他集為《繡鴛別家園》，其辭也就是前面說的〈擬西施辭越歌〉。接著又為梅蘭芳訂正、教習《四聲猿・雌木蘭》一劇中的尾聲，指導全劇的演出。有時，課餘還為一些崑曲演員操鼓板，指揮場面。他在北大講課期間，就為一藝人講授《博望觀星》操鼓板規範曲律、技法，「一時聽者，皆為神往」（盧前《奢靡他室逸話》）從政的彭城徐樹錚，十分喜好詞曲，政餘作詩填詞度曲，聽說吳梅在北京大學講授曲學，經人引薦，一有作品，就去向他求教，後來也作為學生來聽課，從而對他產生了敬仰之情。一九二一年二月，徐樹錚拜西北籌邊使，禮聘他為祕書長。他作〈鷓鴣天〉詞巧妙地回絕了。詞說：

辛苦蝸牛占一廬，倚簷妨帽足軒渠。依然濁酒供狂逸，那有名花奉起居？三尺劍，萬言書，近來彈鋏出無車。西園雅集南皮會，懶向王門再曳裾。

充分表現了「貧賤不能移」的書生本色。也就在這一時期，他的講稿《詞餘講義》（又名《曲學通論》）由北京大學出版。

此後，吳梅受南京東南大學、金陵大學、中央大學之聘，先後任這些學校的教授，主講曲學。課餘著書立說，先後出版的曲學論著有：《顧曲麈談》、《中國戲曲概論》、《元劇研究》、《南北詞譜》、《奢靡他室曲話》等十餘種，編選校刻中國古代雜劇、傳奇《奢靡他室曲叢》（兩集）、《古今名劇選》和《曲選》等等。

吳梅自幼喜愛詞曲，他的故鄉又是崑曲的發源地，因此，他對曲學貢獻出自己畢生的精力。《顧曲麈談》（一九一四年）是他最早的一部曲學論著，是有感於戲曲界「獨於填詞之道，則缺焉不論，遂使千古才人，欲求一成法而不可得」的情況下，揮毫撰著的，目的是在於「使人知道有規矩準繩，不可為誦讀而談」。在書中，他重在以個人填詞、作曲的體會、經驗，結合古人曲目寫作的成敗得失，講述了制曲填詞的基本規律及方法，如定宮、擇曲、聯套、字格、用韻等，度人金針。在〈論作劇法〉一節中，他談到自己的戲劇觀，說：「劇之作用，本在規正風俗」，洩導人情以補救社會。並指出劇之妙，是在真、風趣和美。說：「真所以補風化，風趣所以動觀聽，而其唯一之宗旨，則尤在『美』之一字。」《中國戲曲概論》（一九二六年）是一部關於中國戲曲史、論相結合的論著，三卷十三節，對元明清三代戲曲的發展，作了概括的評述。《南北詞譜》是吳梅致力於戲曲聲韻與格律的代表作。他用歸納法為每一曲牌選定一個標準模式，並說明它的作法、聲韻、格律特色和應注意的事項，是對《曲學通論》的系統化與完善；還有《霜崖曲錄》、《霜崖詞錄》和《霜崖詩錄》等。這使他成為一代曲學泰斗。

吳梅的戲曲創作共有十二種。十四歲時（一八九七年）寫有《風洞山》傳奇，二十四出。寫南明末年民族英雄瞿式耜抗清殉國的故事。光緒三十年（一九〇四年）定稿。當時帝國主義列強侵略中國，清政府腐敗無能，國家危在旦夕。作者以長歌當哭的情感與態度，抒發了強烈的民族感情，歌頌了瞿式耜的愛國氣節。序中說：「橋山弓劍，古洛衣冠，荒土一坯，夕陽千古，興亡離合，余亦不知其所以然也。」用傳奇這種戲曲形式表揚仁人志士抗清復明的民族氣節，就是「寓至理於其中」。《萇虹血》與《斬亭秋》都是反映當時政治鬥爭、鼓吹變法和民主革命的現實劇。前者作於光緒二十五年（一八九九年），寫戊戌變法六君子慘遭殺害的事情，後者完成於光緒三十三年（一九〇七年），寫秋瑾的革命故事。兩劇共同表現出作者高昂的革命熱情，積極參與革命鬥爭的偉大實踐。在此基礎上，也才有他後來的加入「南社」之舉。晚年作有《湘真閣》、《無價室》、《惆悵爨》，合稱《霜崖三劇》。雖然都是寫前人的風流韻事，但卻也「非獨宗豔情，亦且嘆故國喪亂之狀，雖謂之逸史可也」。在文采、音律上更是他人無法企及的。在近代曲學極其衰微的情況下，吳梅畢其一生的精力從文學、音樂、戲曲方面研究曲學，並從理論上、創作上和教學上「為學子導先路」，被海內外一致推為曲學大師。有如唐圭璋〈回憶吳瞿安先生〉所說：「集三百年來研究曲學的大成，開近代研究曲學的風氣，先生的功績是永不磨滅的。」

## 《孽海花》的原型賽金花

賽金花確有其人。她原名傅彩雲，江蘇鹽城人。大約生於清同治十一年（一八七三年）。幼年曾隨父居住在蘇州。由於家計的艱難，就把她賣給妓院做雛妓。從此，她就以賣笑為生。由於她姿色出眾，又會逢迎、滿足嫖客的淫樂，很快地就成為蘇州名妓。光緒十一年（一八八四年）她十三歲時，被回鄉丁憂的狀元洪鈞看中，光緒十三年（一八八六年）被納為小妾，時年十五歲。光緒十四年（一八八八年）洪鈞被任命為出使俄、德、奧、荷四國公使，她作為夫人隨洪出國。光緒十八年（一八九二年）又隨洪鈞回國。光緒十九年（一八九三年）洪鈞死後，在迎洪棺柩南返蘇州途中，潛入上海掛牌為妓，改名曹夢蘭。蘇州紳士陸潤庠等認為她的行為有損蘇州人的面子，逼她離開上海。她便又北上到了天津，改名賽金花，重操舊業，還當起妓院的老鴇來。光緒二十六年（一九〇〇年），八國聯軍攻陷北京時，她在北京石頭胡同開了妓院，與很多外國人都有接觸，還給他們提供色情服務，用她自己的話說，就是「我又替他們找了二十幾個良家婦女。……這樣聯軍的食色問題，我都替他們解決了」。她還曾女扮男裝潛入清宮廷遊玩，一時人稱「賽二爺」。光緒二十九年（一九〇三年）因在妓院虐殺一個她從人販子手中買來強逼為娼的姑娘，被下刑部大獄。刑部發至蘇州，交由長洲、元和、吳縣三堂會審，她花了很多錢買通上下，案子得以不了了之。出獄後又回上海開妓院。晚年生活潦倒，一九三六年病死於北京。

曾樸的長篇小說《孽海花》，所寫傅彩雲即賽金花，是在真人基礎上重新虛構的一個人物。她與金雯青的婚姻是小說的骨幹和線索，有如小說的發起者金天翮所說：「以賽為骨。」作者曾樸所說：「以賽金花為經，以清末三十年朝野軼事為緯」，「盡量容納近三十年來的歷史，避去正面，專把些有趣的瑣聞逸事來烘托出大事的背景。」這樣，金、賽就成了貫串整個小說故事的人物，也就是說，小說作者是在以他們的故事為線索而串聯起那三十年風雲激盪的歷史；作品的思想價值，也是通過他們去體現的。曾樸在《修改後要說的幾句話》裡，曾針對小說以賽金花為線索結構全書談道：

譬如穿珠，《儒林外史》等是直穿的，拿著一根線，穿一顆算一顆，一直穿到底，是一根珠練；我是盤曲迴旋著穿的，時收時放，東西交錯，不離中心，是一朵珠花。譬如植物學裡說的花序，《儒林外史》等是上升花序或下降花序，從頭開去，謝了一朵，再開一朵，開到末一朵為止；我是傘形花序，從中心幹部一層一層的推展出各種形象來，互相連結，開成一朵球一般的大花。

賽金花就是曾樸手中的一根蟠曲迴旋著穿的線，是一個藝術形象，屬結構性人物。《孽海花》中金雯青與賽金花的故事，大略敘述金雯青中狀元後回家鄉蘇州丁母憂，與名妓傅彩雲相遇，不久納為小妾，又攜她出使俄、德、荷、奧四國，為大使夫人；四年後歸國，金病死，傅彩雲逃離金家，重操舊業，改名賽金花，成為上海、天津、北京三地的名妓。小說在他們身上花了不少筆墨，成為兩個引人注意的藝術形象。作者寫金雯青少年得志，又中了狀元，還做過四國公使，學問與德行都儼然一國家棟梁，然而他卻是一個好色之徒，在他母親熱喪中，竟嫖娼納妾，還把這個妓女作為公使夫人帶到國外去，丟人現眼。就在乘海輪過程中，見輪上有一漂亮的俄國虛無黨女子夏麗雅，他竟失魂丟魄，唆使會法術的人暗中玩弄她，不料中了圈套，被人家詐騙了一萬馬克。做使節時，又從葉里手中重價買了一份中俄交界圖。這位多年研究歷史地理，還著有《元史補證》專著的公使，以為可以從這張「寶圖」上，「整理整理國界，叫外人不能占據我國的寸土尺地，也不枉皇上差我去洋一番。」誰知這張圖竟叫俄國白白割據了我國帕米爾一帶的七八百里江山。後來引起糾紛，被御史楊莨裳參了一本，鬱鬱而死。與金雯青比較來說，傅彩雲卻是一個水性楊花、本性難改的活躍人物。她小小年紀就在妓院裡練就出一副既溫順，又潑辣；既剛毅果斷，又聰明伶俐；既苦於受人虐待，又善於虐待他人的脾性。用維多利亞皇后的話說，她不是一個「泥美人」，而是一個「放誕的美人」。她的美麗和善於耍手腕，使她能從一個雛妓升遷為狀元侍妾和「公使夫人」；她的放誕與水性楊花，也使她不甘守寡，掩埋過丈夫後，立即就去上海做掛牌娼妓，以至同八國聯軍司令瓦德西睡覺，與阿福、孫三兒等通姦。她說「翻江倒海，只好憑我去幹」，說穿了就是繼續做妓女。一句話，傅彩雲在作者筆下只是個水性楊花的蕩婦，追求的是放蕩的色欲縱情生活，有如蔡元培在〈追悼曾孟朴先生〉中說的，曾樸「所描寫的傅彩雲，除了美貌和色情狂而外，一點沒有別的」。《孽海花》寫了她不少風流韻事，而以她與瓦德西的豔情最有傳奇色彩。她在國外的一系列表演也使公使相形見絀。她的一曲《十八摸》，引得街上行人擠得使館門口水洩不通，都來聽中國公使夫人的雅調，連維多利亞皇后也想同中國這位第一美女合影留念。回國後，當她偷情的事被金雯青發現後，她竟先發制人，伶牙俐齒地把個狀元說得面上紅一回白一回。

《孽海花》正是圍繞著這一主要線索，集中揭露了晚清三十年間官僚名士靈魂的卑劣、生活的腐朽，在國家民族垂危時期的種種醜惡表演，甚至把筆鋒也指向封建最高統治者，表現出思想上的清醒與自覺。儘管這部小說自問世以來，出現過許多不同的評論，但它作為在當時以至今天仍被讀者看重的長篇小說，卻自有其不朽的價值。

# 壯士陳天華蹈海酬國

清晨是平靜的，可是臨近大都市東京的大海，卻不時地掀起波濤，捲起巨浪，拍打著海岸，搖得天搖地動。岸上站著一個人，他先是瞭望遼闊無垠的大海，接著把頭轉向西邊，背對著噴薄欲出的太陽，似乎還深深地向西邊鞠了一躬，然後就義無反顧地縱身跳進駭浪驚濤中去。他是誰？又為什麼投海自盡？他就是當時留學日本的中國留學生陳天華。時間是（光緒三十一年一九〇五年）一二月八日。目的是為了抗議日本文部省頒布的「取締清留韓日學生規則」。他是要以自己的以身殉國，來激勵中國留日學生和廣大人民群眾振興中華，挽救民族危亡。正如他在投海前寫下的〈絕命書〉中說的那樣：

若於今日死之，使諸君有所警動，去絕非行，共講愛國，更臥薪嚐膽，刻苦求學，徐以養成實力，丕興國家，則中國或可以不忘，此鄙人今日之希望也。

陳天華這一憤然投海，在國內青年中引起了一場軒然大波，激起了他們愛國的熱潮。光緒三十二年（一九〇六年），靈柩運回湖南，各界人士萬餘哀聲動地，為他送葬，學生們個個穿白色制服，手拿小白旗，一時嶽麓山滿山縞素。不久，《神州日報》主筆楊篤生也出於痛憤國事的不平，在英國利物浦蹈海自殺。日本的中國留學生，看過他的《絕筆書》後，群情更加激越，堅持鬥爭，不少人紛紛投入革命的行列。一直到一九一七年，周恩來東渡日本尋求革命真理，臨行前還賦詩，用陳天華的蹈海殉國事勉勵自己：「大江歌罷掉頭東，邃密群科濟世窮；面壁十年圖破壁，難酬蹈海亦英雄。」

陳天華（一八七五—一九〇五年），原名顯宿，字星臺，號思黃、過庭。生於湖南新化縣下樂村一個落第秀才的家庭，生活十分貧困，小時候曾放過牛，做過小買賣。到了十五歲，才進私塾念書。光緒二十二年（一八九六年），隨父到新化縣城，得到族人的幫助，入資江書院，不久，又考入新化求實學堂學習。受當時新學思潮的影響，立志澄清社會渾濁，光復漢族。

光緒二十九年（一九〇三年）初，為了進一步尋求救國救民的真理，陳天華由新化求實學堂資送日本留學，入東京弘文學院師範科。當時正值俄國帝國主義瘋狂侵略我國東北三省，其他帝國主義也日益企圖瓜分中國之際，民族形勢十分危急。陳天華悲憤極了，咬指寫下血書，寄回國內許多學堂，喚起國內學生積極參加救亡運動。四月，他積極參加了在日本的中國留學生成立的拒俄義勇隊，與黃興等一起被推舉為義軍革命運動員。五月，又參加了黃興等成立的國民教育會，在本部擔任辦事員。後來回到湖南，策動武裝起義。

回國後，陳天華本著「作書報以警世」的思想，撰寫了大量鼓吹革命的文章和書籍。他的《警世鐘》用通俗的文字，細緻地分析了自鴉片戰爭以來六十年間的形勢，明確指出：帝國主義用武力打敗清政府，簽訂一系列不平等條約，割地賠款，攫取權益，都是企圖把中國變成他們的殖民地。在文章中，他沉痛地指出：「日本占了臺灣，俄國占了旅順，英國占了威海衛，法國占了廣州灣，德國占了膠州灣，把我們十八省都劃在那各國的勢力範圍內」；他們還在中國到處行兇殺人，「中國的官府半句話也講不得」；在租界上，帝國主義者更是殘忍之極，「上海有一個外國公園，門首貼一張字道：『狗和華人不准入內』」；「中國人比禽獸也比不上」；他還陳述了外國侵略者肆無忌憚在中國招兵，施展「以中國人殺中國人的奸計」；在中國傳教，如狼似虎，草菅人命；在中國辦廠礦，愈推愈廣，弄得中國民窮財盡，造成中國手工業的破產。作者面對這些殘酷的現實，深情地疾呼：「瓜分豆剖逼人來，同種沉淪創可哀，太息神州今去矣，勸君猛省莫徘徊。」呼籲各階層各種職業的人們迅速覺醒，對帝國主義、清朝政府進行鬥爭，共同擔負起救國的責任。全文兩萬餘字，是近乎說唱的散文。

同年，陳天華還有彈詞《猛回頭》問世。在這篇分為四章的作品中，作者以激昂的愛國熱情，用通俗的文字、唱詞的形式，寫出了民族的危機和亡國的沉痛。他列舉了近代甲午戰爭、庚子之禍等喪權辱國的種種事實，告訴國民：「怕只怕，做印度，廣土不保；怕只怕，做安南，中興無望；怕只怕，做波蘭，飄零異域；怕只怕，做猶太，沒有家鄉；怕只怕，做非洲，永為牛馬；怕只怕，做南洋，服事犬羊；怕只怕，做澳洲，要把種滅；怕只怕，做苗瑤，日見消亡。」每唱一「怕」，就用通俗淺顯的文字，列舉重要事實，告訴國民，亡國滅種的大禍，已迫在眉睫，令人「膽戰心惶」。全體國民，都應該認真地吸取世界上許多國家、民族亡國滅種的經驗與教訓，振作起來，發憤圖強，挽救民族於危亡之際。同時提出「十要」。第一要，除黨見，同心同德；第二要，講公德，條條有綱，……只有這樣，才能「死裡求活」。還明確告誡人們，應該向法蘭西、德意志、美利堅、意大利等先進國家虛心學習，改革弊政，報復凶狂，離英自立，獨自稱王。還勸國民，絕不可學那張弘範、洪承嚋、曾國藩、葉志超等漢奸的賣國求榮，事敵辱國。陳天華在《猛回頭》中，用自己滿腔的熱情，多方比喻，苦口婆心地通過大量活生生的事實，向人們大聲疾呼，號召全體國民反對帝國主義侵略，推翻清朝的反動統治，學習西方先進的思想與科學，建立民主共和制度。

八回本戲《獅子吼》，也寫於這一年。陳天華在這篇作品中，為中國國民設計了新時代的革命藍圖。在那裡，一切都是群眾做主，平等、博愛、自由。這顯然就是作者理想的體現。

除上面三本書外，陳天華還寫有很多宣傳革命的文章，如〈國民必讀〉、〈中國革命史論〉、〈最近政見的評決〉等。他把這種反帝愛國的革命宣傳始終與自己的革命實踐結合起來，身體力行，鍥而不捨，在國內產生了極好的效果。楊源浚的〈陳天華殉國記〉說，上述著作的出版、發表，「三戶之市，稍識字之人，無不喜朗誦之。湘中學堂，更聚資為之翻印，備作課本傳習。」的確是這樣，它們成為中國革命史上不可多得的喚醒國民迷夢、提倡獨立精神、建立新中國的好教材。

光緒三十年（一九〇四年），陳天華在長沙又同黃興、宋教仁等成立了華興會，謀劃武裝起義，可惜，因事洩而失敗，就又逃往日本。次年（一九〇五年）八月同盟會在日本東京成立，他親自參加會章的起草，參與了〈革命方略〉的擬定。興中會的刊物《二十世紀之支那》改為《民報》，成為同盟會的機關刊物，他任編輯和撰稿，仍繼續他的革命宣傳工作。

他的文章與行動，影響了一代人積極投身革命；他對革命所作出的傑出貢獻，同他本人一樣，永遠載入中華民族的光輝史冊。

# 南社靈魂詩人柳亞子

柳亞子先生的年輕時代，是和南社的命運緊緊地聯繫在一起的。晚清文學團體不止一個，以南社為最大，並且有組織、有宗旨、有機關刊物。尤其是政治性很強，以反抗滿清統治為宗旨，體現出了南社這一文學團體的進步意義。柳亞子在〈新南社成立布告〉中直言不諱地說：「它底名字叫南社，就是反對北庭的標誌了。」

柳亞子（一八八七—一九五八年），江蘇吳江人。父親柳鈍齋、母親費漱芳，學識淵博，柳亞子自小便秉承家學。他名慰高，字安如，讀了西方名著《民約論》，改名人權，字亞盧，以亞洲的盧梭自居，亞子的取名，即從亞盧而來。柳亞子敬慕南宋詞人辛棄疾的為人，又襲用棄疾為名，復號稼軒。

南社成立前的醞釀時期，柳亞子在結社的策劃過程中成為南社意志的核心代表。在

《磨劍室詩初集》中，有柳亞子在一九〇七年的一首詩，詩中寫道：

慷慨蘇菲亞，艱難布魯東。
佳人真絕世，余子亦英雄。
憂患平生事，文章悲慨中。
相逢拚一醉，莫放酒樽空。

這首詩可以說是未來南社意志的代表，也是在近代文學中爆發出的意志文學的第一朵火花。從這首詩看來，所謂結社之舉，雖然沒有說明結的是南社，卻已有南社的影子了。南社所倡導的意志文學是跟著時代的意志而生長，要求改造社會、激昂慷慨地參加戰鬥的革命文學。而這種革命意志，在南社成立之前柳亞子就有了。這可以從柳亞子在南社前期的革命活動和詩文中看出來。

光緒二十九年（一九〇三年），柳亞子經陳去病介紹，加入中國教育會，這是個進步的教育團體。柳亞子以後又到上海進入愛國學社學習，並結交了蔡元培、章太炎、鄒容等革命人士。當時，學社中「排滿」的革命空氣已經很濃。柳亞子曾在東京中國留學生創辦的雜誌《江蘇》上發表文章說：「革命二字，實世界上最爽快、最雄壯、最激烈、最名譽之一名詞也，實天經地義國民所一日不可無之道德也，實布帛菽麥人類一日不可缺乏之生活也。」體現了柳亞子先生旺盛的革命意志。一九〇六年二月，柳亞子經高旭介紹加入同盟會；不久，又經蔡元培介紹，加入光復會，成為「雙料的革命黨」。柳亞子以《復報》為陣地，大力宣傳「革命排滿」意志。幾年的文墨生涯使柳亞子結識了一批文化人，並以其充沛的熱情和倜儻的文采，贏得了大家的信任。而且大家希望他建壇立幟，指揮詩界革命軍，因為柳亞子已成為體現大家革命意志的核心人物了。

在南社的成立和發展時期，柳亞子不負眾望，擔當起了使南社「意志統一」的領袖。如果沒有柳亞子，就不可能有南社的成功。

光緒三十三年（一九〇七年）八月一九日，陳去病、吳梅等在上海組織神交社。柳亞子是籌劃者之一，但他沒有與會，只在事後寫了一篇〈神交社雅集圖記〉，號召社員們繼承明末幾社、復社的傳統。這年冬天，劉師培夫婦自日本回國，柳亞子邀約他們三人和陳去病、高旭等在上海酒樓小飲，商量成立南社。會後，積極籌辦社刊，發展社員。一九〇九年下半年，決定在蘇州虎丘正式召開成立會議。

宣統元年（一九〇九年）一一月一三日，柳亞子等一行十九人雇了一隻畫舫，從阿黛橋出發，一櫓雙槳，搖到虎丘。會址在明末抗清英雄張國維祠中，選舉了社刊編輯人員和社務方面的職員，柳亞子被選任書記。柳亞子不但在詩歌創作方面深得社友敬佩，而且經營能力很強。通過柳亞子的努力，南社社務得到了發展。比如說刊印《南社叢刻》，本應由社員每人交納社費來承擔，但有些社友，未免沾些名士習氣，把按時交費這樣的瑣事根本不放在心上。刊印《叢刻》，紙張印工，為數很多，這筆款項，大都由柳亞子墊付。南社有二十七年歷史，柳亞子個人投入的資金達萬元之巨，保證了南社事務的正常進行。當時柳亞子曾有這樣一句話：「沒有柳亞子，就不會有南社。」有些社友卻開著玩笑說：「恐怕沒有南社，也不會有柳亞子吧！」柳亞子的命運和南社的命運是緊密聯繫著的。

在南社內部的糾紛和鬥爭中，柳亞子仍扮演了核心靈魂的角色。一九一二年，南社舉行第七次雅集，柳亞子提議再度修改條例，把編輯員三人制改成一人制。並且毛遂自薦，由自己來擔任編輯員。應該說柳亞子是實事求是的，因為《南社叢刻》實際的編輯就是柳亞子。但這些率直的話立刻引起了高天梅（一八七七—一九二七年）的激烈反對。後來選舉職員的結果仍是三頭制。晚上大家聚餐時高天梅還對柳亞子冷嘲熱諷，使柳亞子大受刺激，第二天就擬了永遠脫離南社的聲明，登在報上。柳亞子是南社的靈魂，失去了靈魂怎麼辦？社友都為了南社的命運著急。高天梅也覺得過了火，託人向柳亞子道歉。但柳亞子置之不理，情緒消極，在《叢刻》第七集校勘問世後，便把責任告卸。

選舉出來的三位編輯員，既少掉了柳亞子，而另兩位高吹萬、王西神都不願任職，成了僵局，南社事務無法進展。一九一三年舉行第八次雅集時，姚石子以書記員的身份提出議案，說：「維持南社，非請柳亞子重行入社不可。而要他重行入社，則非尊重他的主張，修改條例，把三頭制改為一頭制不可。」與會者都同意這個提議。姚石子以書記員的名義，請求柳亞子復社，卻遭到柳亞子拒絕。第九次雅集後，姚石子寫信向柳亞子探詢，柳亞子認為南社還應進一步改制，採取全體社友投票選舉產生主任一人，總攬社務。這個改革方案得到了社友的認同。柳亞子復社了，南社又注入了活力，柳亞子趕製叢刻，很短時期，連續出版了第九至第十二集，補了以往的脫集。

柳亞子還是新南社的發起人之一。南社後期內部的種種曲折和糾紛，致使柳亞子意志消沉了一個時期。新文化運動，使消沉的柳亞子頓時激奮起來。一九二三年五月，柳亞子邀請葉楚傖、胡樸安、餘十眉、邵力子、陳望道、曹聚仁、陳德澄等為發起人，籌組新南社。一〇月一四日，新南社在上海召開成立大會，柳亞子當選為社長。他在布告中宣稱：

新南社的成立，是舊南社中一部分的舊朋友，和新文化運動中一部分的新朋友，聯合起來，共同組織的。

新南社的精神，是鼓吹三民主義，提倡民眾文學，而歸結到社會主義的實行。對於婦女問題、勞動問題，更情願加以忠實的研究。

柳亞子的這篇布告，反映了他文學觀和社會政治思想上的巨大進步。從舊南社到新南社，柳亞子這個「南社的靈魂」昇華了。

柳亞子之所以能成為南社的靈魂，源於其為南社的創立、發展和進步的犧牲精神，源於其高於南社其他成員的文學才華，源於其坦誠率真的性格，更源於其追求民族興盛的社會政治思想。

「南社的發起人是高天梅、陳巢南、柳亞子三人。高天梅死了。陳巢南死了。我柳亞子沒有死，敬祝諸位一杯！」這是一九三六年二月七日南社紀念會第二次盛大的聚餐會時，柳亞子所吐出的悲壯熱烈的言語。這句話簡而有力，表明了他個人的意志和氣概，同時也代表了南社的意志與氣概。「柳亞子沒有死！」「南社沒有死！」柳亞子和南社一起，建起了中國近代文學史上的一塊豐碑。

## 令人難忘的《新世說》

《新世說》是一本內容豐富活潑、趣味充盈雋永的好書，讀之令人難忘。其如寶山，誘人神往，使人心醉。

該書作者易宗夔（一八七四—一九二五年），字蔚儒，湖南湘潭人。光緒三十年（一九〇四年）赴日本留學，愛廣交海內賢豪，因之和孫中山等近代史上的風雲人物多有來往，耳聞目睹了大量的文學掌故、妙事趣事，輒筆記之，此後亦長期堅持，遂積少成多、集腋成裘，至民國初年已蔚然成帙，並得以刊行於世。易宗夔從東瀛返國後，曾任資政院議員、法典編纂會纂修，亦曾獻身教育，在湖南及北京的中、高等學校任教。一九一三年擔任眾議院議員、憲法起草委員；國會解散之後，返湖南經營實業，還曾參加文學團體——南社，與文化界也保持著密切的聯繫。由此看來，易氏的生平閱歷堪稱豐富，這為他的《新世說》的寫作，提供了必要的生活基礎。只有豐富的生活，方有豐富的文學，此言大抵不虛。

從文體上看，易氏的《新世說》並沒有多少創新之處。它是仿照南朝劉義慶《世說新語》寫下的一部作品，沿其例而分為德行、言語、政事、文學、方正、規箴、巧藝、輕詆、仇隙等三十六門，只是將原編三卷改成了八卷，形式上稍有變化而已。究其內容，則時移世變，所記紛紜人生不可避免地打上了新的時代烙印。身處兩個世紀之交的易宗夔，對由近代趨向現代的新舊轉換、棄舊圖新的時代大勢，顯然是心領神會的，並努力參與時代的廣闊生活，做一位相當忠實的時代的「書記官」，留心記下清代至民國初年許多知名人士的言行軼事，並附注有關人士的姓名爵里等相關材料，使讀者能夠更真切地了解當年這些知名人士。準確地說，當年出現在易氏筆下的各界知名人士中，有不少尚屬其名不顯、其事不彰之輩，《新世說》給予記載後，對其名其事的彰顯倒起到了一定的作用。

《新世說》記人記事，簡明生動。如記蔡鍔（松坡）諸事即如此。〈德行〉門記載：

蔡松坡為雲南都督，滇黔商民，感其德澤，醵金為公鑄銅像。公計取其金，賑恤兩省饑民，且婉謝之曰：「君等鑄我像，享受榮名在百年千年之後。若輩哀鴻，食此涓滴之賜，當可活命無算。彰人之功不若拯人之命也。」聞者賢之。

為了民眾切實的生存需求，而放棄對「銅像」的企慕，蔡松坡為自己樹起了更高大的形象。《新世說》還在〈識鑒〉門、〈尤悔〉門、〈規箴〉門、〈傷逝〉門，記載了蔡松坡生平的幾個精彩片斷：讀書遊學成偉器——計脫虎口舉義兵——憤而電諷袁世凱——紅粉知己悼蔡公。這幾個精彩片斷已可象徵性地昭示了蔡鍔輝煌而多彩的一生，意味雋永，讀之確實讓人難忘。值得注意的是，《新世說》對文藝圈的人和事格外青睞，記載詳多，除了〈文學〉門、〈巧藝〉門等比較集中的記述之外，〈言語〉門、〈品藻〉門等亦時有涉及。

南朝劉義慶的《世說新語》，通常被視為古小說中的精品，不求立體地完整地敘事寫人，而著意於借取人物的吉光片羽，顯現人物的精神風貌，給讀者留下了較多的想像餘地或「有意味的空白」。滴水之中見太陽，這種藝術上的神奇效應，在近代易宗夔《新世說》的傳播中也體現了出來。易氏在〈自序〉中說，自己幼年即酷嗜劉義慶的《世說新語》，成年後即留心記載有清一代的逸聞掌故，後來便仿《世說新語》體例編成《新世說》，不過，《新世說》較之於《世說新語》也有明顯不同，即前者更尚寫實紀實，後者則更尚清談空靈。蔡元培在《新世說》的跋語中稱此書「幾乎無一字無來歷」，可與正史相互印證，這點明顯與劉義慶專尚清談者不同。這種觀感是符合實際的。這種側重紀實的寫法也是比較典型的筆記小說的路數。〈賢媛〉門、〈惑溺〉門等多敘女性情事，小說家言的味道更是濃厚。如柳如是殉錢宗伯（〈賢媛〉門）、香妃生而體有異香（〈賢媛〉門）、陳圓圓聲色甲天下（〈惑溺〉門）、傅彩雲情系瓦德西（〈惑溺〉門）等，這些篇章的史料價值未必大於其藝術價值，一般讀者更易於被其生動的敘述和人物的命運所吸引。

## 慷慨赴義的獄中詩人甯調元

辛亥革命勝利後，袁世凱竊取了勝利果實，資產階級民主革命的使命並未完成，徒有「民國」空名的民國時代仍然是一個血與火的時代。同盟會員的鮮血成為袁世凱專制復辟的祭品。繼國民黨理事宋教仁在上海車站血濺月臺不久，同盟會員、南社詩人甯調元也在同一年即一九一三年血灑武昌長江水。下槍殺命令的，就是那位在武昌起義中被起義士兵用槍逼上起義軍軍政府都督席位的所謂辛亥革命首功、中華民國副總統黎元洪。這彷彿就是對資產階級民主革命黨人的莫大諷刺。

甯調元（一八八三—一九一三年），字仙霞，又字太一，別號辟支生、林士逸，湖南醴陵人。十二歲時，隨父親學《莊子》、〈離騷〉，雖不求甚解，卻極慕莊子、屈原之為人，崇尚精神自由，為理想獻身的信念已在其幼小的心靈中萌芽。後又受業於本縣塾師劉師陶。

二十歲時入醴陵綠江書院，從經學名家吳德襄學訓詁之學。次年，赴省會長沙求學，入省立明德學堂速成師範班第一期就讀，曾從執教於該校的革命黨先驅黃興、周震麟、張繼、胡倓等人上課，深受其革命思想的影響，遂由一舊式私塾學生轉變為資產階級民主革命者。光緒三十年（一九〇四年），加入愛國革命團體「大成會」。光緒三十一年留學日本，入早稻田大學學習法學，在東京加入同盟會。同年農曆十月，日本文部省頒布《取締中韓留日學生規則》，廣大留學生罷課以示抗議。甯調元於次年初回國，在長沙與同盟會湖南支部負責人禹之漠組織湘學會。回醴陵後，主持醴陵綠江中學校務，向學生灌輸革命思想。後赴上海主編《洞庭湖》雜誌。因從事革命活動惹惱清政府，總督端方下令拘捕他，他被迫再次東渡，流亡日本，在東京任《民報》幹事。光緒三十二年（一九〇六年）十二月，禹之漠的學生、同盟會會員魏宗銓在湖南發動著名的萍（鄉）瀏（陽）醴（陵）起義，甯調元奉孫中山、黃興之命回國策應。回國後，起義已被鎮壓，他隨後被捕，入獄三年。宣統元年（一九〇九年）獲釋，同年加入南社。民國建立後，赴北京任《帝國日報》的總編輯。袁世凱用鐵血手段鎮壓民主勢力的倒行逆施，遭到革命黨人的激烈反對。民國二年（一九一三年）三月，宋教仁遇刺，江西都督李烈鈞擁護孫中山的討袁主張，甯調元在與李烈鈞、熊樾山等商討討袁起義時不幸被捕，被黎元洪槍殺於武昌。

甯調元是傑出的資產階級民主革命黨人，又是南社著名的詩人，是真正的戰士加歌手。在為資產階級民主革命獻出生命的烈士中，他是為數不多的幾個在辛亥革命成功後犧牲在所謂「共和」時代裡的烈士之一。他秉承先賢為理想而獻身的精神，以湘人特有的勇敢、堅毅和叛逆精神，宣傳革命，鼓動奔走，兩度入獄，仍然不改其志，並且在獄中寫作了近六百首詩歌，堪稱獄中詩人。這些詩歌內容大多為歌頌革命，鼓吹民主共和，主張文學應該為革命戰鬥服務，充分表明他是一位以筆作刀槍、以報刊為陣地的革命詩人。他的詩保存在《甯調元集》中。

甯調元認為詩歌是革命鬥爭的形式之一，所以，他在〈文渠既為餘次定《朗吟詩卷》，復惠題詞，奉題五章，即題《紉秋蘭集》〉一詩中高唱「詩壇請自今日始，大建革命軍之旗」。他也以此指導自己的創作實踐。鼓吹革命，謳歌民主進步，自然就成為他詩歌中的重要主題。如〈感懷四首〉組詩，抒發了革命者的豪情壯志和對民主、自由的嚮往。其中的第一首寫道：

十年前是一重囚，也逐歐風唱自由。
復九世仇盟玉帛，提三尺劍奠金甌。

丈夫有志當如是，豎子誠難足與謀。
願播熱潮高萬丈，雨飛不住注神州。

這組詩寫於一九〇六年剛從日本返回時，此詩明確提出了建立西方式民主自由新政體〈奠金甌〉的主張，用暴力革命〈提三尺劍〉推翻滿清帝制，報滿人入關、統治壓榨漢族歷經九世的民族之仇，並願為之鼓吹奔走。詩歌激情澎湃，頷聯用一、三、三句式，巧妙別緻，音節頓挫，氣勢如注，表現革命者的豪情和積極進取精神。此類詩還有〈燕京雜感〉、〈從軍行〉。

作者兩度入獄，且在獄中寫下大量的詩篇，這些詩守節勵志，義薄雲天，表現了一個革命者革命的本色和使命。如〈丙午被捕作於巴陵縣署〉之一：「正當臘盡與冬殘，鐵鎖鋃鐺帶笑看。贏得衛兵差解事，傍人鎮日罵昏官。」此詩寫於一九〇六年一二月。當時詩人回湖南策應萍瀏醴起義，事敗後被捕入獄，係於湖南岳陽縣獄。詩歌以大無畏的氣概笑對滿清的鎖鏈鐐銬，對清朝爪牙充滿嘲弄，表現出革命者無所畏懼的戰鬥精神。再如〈七律次韻和同獄某〉：

胡壘荒涼劫後灰，可曾報國有謂埃。
善哉地獄能先入，恥以歧途誤後來。
意土正然燒炭黨，法皇卒上斷頭臺。
相看異日風雲會，莫漫傷心賦大哀。

這首詩也寫於第一次入獄期間。詩人為了革命理想，寧願先入善哉地獄，並且以法國大革命、意大利資產階級獨立運動相鼓勵，雖身係囹圄，但對未來充滿希望，表現出大無畏的英雄氣概和革命樂觀主義精神。詩歌慷慨激越，音韻鏗鏘，是進步的鼓點，是自由的號角。詩歌巧於用典，以意大利燒炭黨人的革命比喻同盟會等革命黨人的堅忍不拔，以法皇路易十六被法國大革命推上斷頭臺喻示清帝國必將被革命黨人推翻，比喻用典，新穎貼切。其他如「鬼雄如果能為厲，死到泉臺定復仇」（〈岳州被捕口占〉），「不管習風與陰雨，頭顱尚在任吾狂」（〈讀史感書〉）等，無不充滿著戰鬥的豪情，表現出至死不渝的堅定信念。

在甯調元的詩中，鼓勵革命同志、悼念革命烈士也是重要的內容之一。如〈哭禹之漠烈士二首〉：

雄演光芒百丈揚，湖南民氣一時張。
昨朝凝望天心閣，覺有餘音尚繞梁。

千古英雄巨浪東，壯心未展吐長虹。
石榴五月紅如火，誰識思君淚更紅。

同盟會湖南支部負責人禹之漠在湘鄉領導學界反對鹽捐浮收運動時，被以「哄堂塞署」的罪名拘捕，光緒三十二年（一九〇六年）一月五日被害。作為戰友，甯調元惜之、悼之、念之，讚揚烈士精神永存。他的〈弔秋競雄女俠十首〉之一：「捨身革命蘇菲亞，奇氣吞胡花木蘭。巾幗有君能雪恥，神州愧死百千男。」歌頌秋瑾這位不讓鬚眉的革命先驅。此類詩還有〈哭陳天華七律二首〉、〈哭楊卓林武士二十首〉等。

袁世凱上臺，資產階級民主革命受挫。甯調元在詩中也表現了對民主革命的悲哀。如〈殘棋〉稱：「一局殘棋尚未終，紛紛鐵騎下東蒙。可憐五族共和史，容易曇花一現中。」它把詩人對袁世凱的不滿，對革命黨人的惋惜，對中國共和前途的迷惘都表現了出來。〈武昌獄中感賦四首〉之一稱：「拒狼進虎亦何忙，奔走十年此下場！」「死如嫉惡當為厲，生不逢時甘作殤。」此詩作於民國二年（一九一三年），作者第二次入獄，對革命黨人的失誤深表不滿、失望，對革命黨追求民主、共和的信念堅定不移。雖然清朝滅亡了，民主革命卻失敗了，這種矛盾、苦悶也使作者陷入新的思考、探索中，其心靈的迷惘、痛苦可想而知。

甯調元的詩充滿革命激情，直抒胸臆，慷慨悲壯，不拘形式，平中見奇，雄渾沉鬱，具有奇瑰、雄壯的美感。

# 江蘇詩界革命大纛：金天羽

在辛亥革命前夜，資產階級革命派先驅為探尋拯救中國的道路，不惜拋頭顱，灑熱血，「拚將十萬頭顱血，須把乾坤力挽回」，紛紛組織起義，屢戰屢敗，屢敗屢戰，前仆後繼，可歌可泣。一些革命志士在拿著刀槍、懷揣炸彈的同時，為啟蒙民智，宣傳革命，又抄起詩筆，作為匕首和投槍，用他們的熱情和心靈，寫出了一篇篇愛恨交織的詩文，直刺搖搖欲墜的滿清封建體制，召喚著一代代後來者。他們是戰士，又是詩人。其中，號稱「江蘇詩界的一面大纛」的金天羽，就是這樣一位先行者。

金天羽（一八七四—一九四七年），初名懋基，字松岑，號壯遊，後改名天羽，又名天翮，號鶴望，筆名金一、麒麟、愛自由者，自署天放樓主人。江蘇吳江縣同里鎮人。他四歲入私塾，十二歲通九經。於書無所不讀，厭科考，好談兵書地理，喜周遊山川。曾寫有

〈長江賦〉、〈西北輿地圖表〉，頗負時名。曾任南菁書院山長。光緒二十四年（一八九八年），督學以輿地兵學薦試經濟特科，辭不赴，在鄉興辦教育。光緒二十九年（一九〇三年），赴上海加入愛國學社，結識學社之章炳麟、蔡元培、鄒容等；倡言革命，並回吳江同里鎮成立中國教育會同里支部，介紹柳亞子等加入。鄒容被捕入獄，他前往探視，為蔡寅與鄒容傳遞密信。為留日學生在東京出版的《江蘇》雜誌寫過一篇〈國民新靈魂〉，目的是「光復漢土，驅除異族」。他又以「愛自由者」的筆名在《江蘇》一九〇三年第八期發表小說《孽海花》，稱以「賽（金花）為骨，而作五十年來之政治小說」。寫了六回，他認為「以小說非余所喜」，故轉請曾樸續之。同時翻譯了鼓吹女界革命的《女界鐘》、鼓吹俄國自由思想的《自由血》，以及日本人宮崎寅藏（別名白浪庵滔天）所著的最早介紹孫中山革命活動的書籍《三十三年落花夢》。因他不通日文，不能直接翻譯，都是把別人的日文譯本加以潤飾。這些著述經他宣揚，風行一時，為擴大孫中山革命活動的影響、傳播民主進步思想起到了積極的推動作用，也使他成為當時東南一帶頗負盛名的革命家、思想家、文學家。一九〇三年六月，「蘇報案」發生後，金天羽遁跡鄉里。辛亥革命後，他曾出任江蘇省議員。一九二三年任吳江縣教育局長，一九二七年任江南水利局局長。在五四運動前後，金天羽像當初《國粹學報》派的許多成員一樣，思想漸趨保守。他後期生活主要從事教育工作和詩文創作。三〇年代初，寓居蘇州，與章炳麟、陳衍創辦國學會。抗日戰爭時期，任上海光華大學教授。卒后門人私謚曰貞獻先生。

金天羽像許多早期資產階級革命者一樣，早年思想激進，鼓吹革命，刊有《孤根集》。自鄒容「蘇報案」發生後，他受到很深的刺激，遂離滬返鄉，創立「自治學社」，從事講學。他在天放樓所貼集句的門聯有「空有文章驚海內，欲回天地入扁舟」之句，透露出他已「百念俱灰」，離開了革命隊伍，寄情於詩文學術中了。作為戰士，金氏早年的啟蒙、革命功不可沒；作為歌手，金氏才華橫溢，思想敏銳，擁有多方面的文學創作成就。政論文、小說、詩、詞均有建樹。而詩作成就尤高，卓然成為大家。

金天羽早年寫作了大量政論文，鼓吹革命。最有代表性的就是〈國民新靈魂〉。此文從各個側面剖析中國「國民之魂」的病症；指出要葆有中國文明自有之精華，「兼採他國之粹者」，加入「五大原質」以分化重鑄。這種重鑄國民新靈魂的主張，與後來魯迅所倡改造國民性的主張是一脈相承的，顯示出其思想的敏銳性、深刻性及進步性，表現出批判的鋒芒。

與〈國民新靈魂〉寫於同一年的小說《孽海花》，乃是有感於「拒俄運動」而寫的揭露政治腐敗的小說。金氏本身擅長人物傳記，曾在《新小說》雜誌上發表〈論寫情小說與新社會之關係〉，後因自認為「究非小說家，作六回而輟筆」，交由曾樸續寫。經曾樸的改造擴展，刊出後風行天下。但連曾樸也承認金氏作為《孽海花》的最初「造意者」，功不可沒。金天羽也頗工詞，量雖不多，但深得辛棄疾、屈大均詞之神理，又不失周邦彥、姜夔之淳雅，有《紅鶴山房詞》。

金天羽的文學成就主要體現在詩歌創作上。他精於古典詩歌的創作，博觀約取，又不乏創新精神，「極盡用舊形式寫新內容之能事」，賦舊體以新精神。在他的詩歌中，保持著高度的政治熱情。他善於用詩歌表現國內、國際重大題材，從甲午中日戰爭，寫到一九四五年第二次中日戰爭中方的勝利。第一次世界大戰，第二次世界大戰，在他的詩歌中都有反映。他是舊體詩創作中獨樹一幟的人物，被錢仲聯評為「在詩的領域裡，可以與人境廬媲美」的卓然大家，是「『詩界革命』在江蘇的一面大纛」（〈三百年來江蘇的古典詩歌〉）。他的詩保存在《天放樓詩集》、《天放樓詩續存》中。

金天羽自稱「余詩有律令，不趁韻，不詠物」（〈詠蓴〉），「喜昭曠閎偉之作」（〈再答蘇戡先生書〉），其豪宕雄渾的風格，不同於清末的復古贗品，不僅題材廣泛，風格多樣，且富有創造性。概而言之，其詩可分為三個大類：

第一類，政治時事題材。多寫國內國際重大事件，所謂「國聞海事，隱顯畢具」（高圭《天放樓詩集跋》），屬於優秀的政治抒情詩。寫國際題材的有〈讀黑奴籲天錄〉、〈讀利俾瑟戰血餘腥記〉、〈讀祕密使者〉、〈黑雲都〉、〈詠史〉等，多關涉各國重大事件，〈蟲天新樂府〉則概括一戰以來歐美各國的大事件，筆調詼諧。寫國內時事的有〈政變〉、〈感事〉、〈遼東〉、〈金陵雜事〉、〈辛亥紀事〉等，從題目即可看出其強烈的現實性和時代精神。至如諷刺袁世凱稱帝的《嵩山高》「千人指，一朝死。南面王，東流水。五岳駿極嵩當中，願天不生帝子生英雄」。表現出鮮明的革命派立場和愛憎感情。

第二類，農村題材和田園詩篇。金氏出身農家，十歲時即練筆寫田園生活，他在〈田家新樂府〉序中說：「吾家世以田園為生，所居又僻在江鄉，日夕觀農事，心焉樂之，為譜樂府以旌三農之勞。」故其中的〈秧田歌〉、〈水車謠〉、〈漁家樂〉、〈稻上場〉均寫得歡快明麗，清新自然而又不拘格式，充滿農家生活氣息和民歌風味。庚子事變後，這種歡快之音被農家在種種剝削壓迫下發出的悲苦之聲所取代，如〈憫農〉、〈金閶行〉、〈挑菜女〉等。在這類詩歌中，詩人對勞動者充滿同情，用貼近他們的語言，描寫他們生活中的喜怒哀樂，語淡而情長。

第三類，藉紀遊而抒懷。如〈弔長興伯荒祠〉，懷念南明抗清英雄吳易，寄託對反清事業的期望。〈謁張倉水墓〉，憑弔明末抗清英雄張煌言；〈頤和園同遊者鄞縣王鏤〉，由遊園而聯想到圓明園之焚，寄託憂國之懷。〈車中望居庸關放歌〉、〈重過居庸遂登八達嶺至長城之顛〉，紀遊寫景不忘抒發「平生解憂國，窮理觀得喪」之思。這些詩將歷史與現實，生活與想像融合在一起，縱橫鋪陳，雄奇綺麗，有岑參、李賀之奇瑰，又有庾信、杜甫之悲涼沉鬱，以傳統形式寫出時代脈搏來，既得到時人章炳麟、陳衍、張謇等諸家好評，也得到後代學人的認可。

# 民國豪放才女：呂碧城

中華民國時期，有這樣一個才女。她能書會畫，通曉音律，擅長舞蹈；同時她又是一個奇女子，性情豪放似男兒，受西方教育的影響，她抱定獨身主義，終生未婚。她就是南社著名女詩人——呂碧城。

呂碧城，號聖因，一八八一年生於安徽旌德。她的文采得益於自幼在書香門第裡的耳濡目染。她的父親是鳳岐太史，家有姐妹四人，都受過良好的教育。大姐惠如任南京西江女子師範校長，二姐美蓀任奉天女子師範校長，三姐坤秀任廈門女子師範國文教師，碧城則任天津女子師範校長。她們姐妹四人都從事教育工作，且都以文學著名，成為一時佳話，為人所稱讚。

說起呂碧城參加教育工作，還有一個小小的淵源。她胸襟開闊，性情豁達，具有新思想，不甘做個普通的閨中女子。由於性情如此，某年她隻身由旌德赴天津，常常想起要有所作為，幹出一番大事來，無奈沒有伯樂現身，前途渺渺，旅居舍中，百無聊賴之餘，她撰寫了一篇文章寄給《大公報》。當時《大公報》的主編英斂之看到這篇文采斐然的文章後，對碧城的才學大為賞識，便介紹她和嚴復認識。嚴復見碧城文采卓然又不落窠臼，因此留她住在自己家中。於是，她跟隨嚴復學習邏輯。嚴復又為她舉薦，認識了學部大臣嚴修。嚴修見碧城性情、才學非同一般女子，是個女中丈夫，便薦她擔任北洋女子師範校長。

呂碧城曾跟從樊雲門遊學。雲門稱她為姪，在給她的信中寫道：「得手書，知吾姪不以得失為喜慍，巾幗英雄，如天馬行空，即論十許年來，以一弱女子，自立於社會，手散萬金而不措意，筆掃千人而不自矜，乃老人所深佩者也。」樊雲門的短短幾十字，對碧城豪放自謙的性情、「筆掃千人」的才學，無疑又是一個肯定。對呂碧城才華賞識的，還不止上述幾人。一次，她赴蘇州訪老名士金鶴望。金鶴望老先生約她江中一遊，特雇了汽艇，邀請費韋齋、彭子嘉作陪。從這裡也不難看出，碧城的才學的確卓然不群。

作為一個才女，呂碧城的詩詞當然是出眾超群的。龍榆生編的《近三百年名家詞選》，就把她的詞作為三百年詞家的殿軍。由此可見，呂碧城的文采非同一般，無愧才女這一稱號。她的「捷足吳娘氣亦雄，筍與高駕聳危峰。浮生半日銷何處，盡在寒山翠條中」，可謂一首上乘佳作。她早年所作的詩詞中有不少綺語。如：「來處冷雲迷玉步，歸途花雨著輕綃。」又如：「微顰世外成千劫，一睇人間抵萬歡。」又如：「人能奔月真遺世，天遣投荒絕豔才。」這些文筆優美的詞句為當時人所傳誦。她不但接受中國的文化教育，而且還汲取了西方的先進文化及先進思想。她一度曾到西歐去旅行，撰寫了《鴻雪因緣》及《歐美漫遊錄》。她著有《信芳集》，上面有她一張身穿西歐洋裝的小照，既有男兒的瀟脫豪放，又不失女子的娟然風致。她又有《曉珠詞》一冊，在其跋中談及了她的思想變化過程，雖只是一個短短的思想變化過程的記述，卻表現了她的文學功底非同一般。她不但詩詞、文章寫得好，而且作的畫也是有情有致的。但由於後來居於海外，沒有毛筆，作畫也就輟止了。因此，她遺留下來的畫幅很少。呂碧城的才學不僅表現在詩詞作畫上，而且她晚年對佛學也有研究。她的房中懸掛觀音大士像，她常常以清規戒律來勸化人。她說：「人類侈談美術，圖畫雕刻，一切工藝，僅物質之美，形而上者，厥為美德。」又謂：「世界進化，最終之點曰美，美之廣義為善，其一切殘暴欺詐，皆為醜惡，譬之盜賊其行，而錦繡其服，可謂美乎？況以它類之痛苦流血，供一己口腹之快，醜惡極矣。歐美有禁止虐待牲畜等會，未始非天良上一線之光明也。」

呂碧城的性格放誕風流，當時就有人把她比作《紅樓夢》中的史湘雲。她不但精通中國古文化，而且對西方習俗也有甚多了解。特別是擅長於西方的交際舞。她能在一片悠揚婉轉的樂聲中，翩然起舞，而不顧旁人目瞪口呆地站在那裡。呂碧城灑脫優美的舞姿，開了上海摩登風氣的先例。她的性格不羈，又有幾分固執。她的姐姐美蓀，詩才不在碧城之下，兩人因一點細故而失和。碧城遊玩歸來，她的親戚朋友勸她不要在姐妹之間鬧脾氣，她卻不置可否。親友們又勸她，她卻返身向觀音禮拜，親友們見她如此固執，拿她沒辦法，也就作罷了。

呂碧城特別喜歡小動物。她養了一對芙蓉鳥，每天親自餵食。她還養了一隻狗，被一個洋人的汽車碾傷。她請律師和那個洋人交涉，並送她的愛犬去獸醫院，等到狗的傷完全好後，她才罷休。這件事之後約在一九二五年間，襟霞閣主編的一份報紙上載有〈李紅郊與犬〉一文，呂碧城認為他在故意影射自己，侮辱她的人格，便訴之於法庭了。襟霞閣主躲避到吳中，化名沈亞公。她不知其蹤跡，便登報曰：「如得其人，當以所藏慈禧太后親筆所繪花卉立幅以酬。」襟霞閣主終日足不出戶，鬱悶之餘，撰寫了長篇小說《人海潮》一書作為消遣，半年後才得以脫稿。這件事後由錢須彌出面調解，才作了結。

第二次世界大戰爆發後，她由歐洲移居香港，在山光道買了一幢精美的小洋房，後又遷居蓮苑佛堂。一九四三年一月二四日歿於香港。遺囑云：「遺體火化，把骨灰和入麵粉為小丸，抛入海中，供魚吞食。」這和她早年的願望有所變易。原來她遊吳中鄧尉，愛香雪海的勝景，有「青山埋骨他年願，好共梅花萬祀香」之句，今日看來，此句只成個空願罷了。

南社諸女子，秋瑾以革命文學著稱，而詩文獨絕、性情狂放的奇女子呂碧城，在近代文學史上也可謂「獨樹一幟」。

# 關中美髯公：于右任

古老厚重的關中平原，東有函谷關，南有武關，西有散關，北有蕭關，岔居四關之中的乃稱關中。關中八百里秦川，土地肥沃，山靈水秀，民風淳樸，文化悠久，曾是周、秦、漢、隋、唐等十一個王朝的建都之地，又是司馬遷、白居易、寇准、蘇武、班固、孫思邈、柳公權等著名人物的桑梓之鄉。在這片被稱作「秦中自古帝王州」之地，在十九世紀末，又出了一位中國近代史上的風雲人物。此人姓于名伯循，字右任。他不僅是舉世聞名的愛國志士，而且也是著名的詩人和書法大家。

于右任於清光緒五年三月二十日，即一八七九年四月十一出生於西安府三原縣東關河道巷一戶貧苦人家。時值清政府昏庸無能、喪權辱國，中華大地正處於內憂外患、水深火熱之中。連年戰禍和自然災害造成民生凋敝，苦不堪言。

于右任的父親於新三（寶文）因家境所困，在于右任出生前去了四川謀生，家裡重擔全落在母親趙氏身上，而趙氏因家境貧困，體弱多病，終致身染沉痾，在于右任兩歲時去世，臨終托孤於嫂嫂房氏。

房氏因生活上困難甚多，便攜于右任到娘家陝西涇陽縣楊府村居住。在楊府村，于右任進了由旬邑儒人第五倫的後代第五先生授課的馬王廟私塾，開始了啟蒙讀書。因于右任天性聰慧，刻苦好學，深受第五先生愛護。

于右任十一歲時，受教於名噪秦中的知名塾師毛班香（字經疇）先生，于右任在毛班香那裡讀書九年，學習經書、詩文及書法，特別是學了毛先生的嚴謹治學之道。毛先生專心一致的精神令于右任很受啟發。尤其難得的是毛班香的父親毛漢詩（亞莨）也是一位飽學之士，尤善草書，日常給學生講習示範，這使年方十一二歲的于右任很早就受到中國書法藝術的薰陶，並對其產生濃厚的興趣。于右任後來以草書聞名於世，號稱「草聖」，與這位老先生的啟蒙和影響很有關係。在毛家私塾從學的九年可以說是于右任日後成為詩人、書法家的啟蒙階段。說到于右任對做詩感興趣還有這樣一則小故事：

有一天，于右任為毛先生料理館務，在毛先生的書架上，發現了文天祥和謝枋得的兩冊詩集殘本。試讀之後，只覺「聲調激越，意氣高昂，滿紙的家園興亡之感」，他不禁詩興大

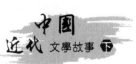

發，從此領悟了做詩的門徑。

于右任從少年跨入青年的十年中，學業有長足的進展，除本人努力和毛氏父子教誨外，還「得益於庭訓為多」。其父于寶文雖只讀過兩年村塾，卻勤奮好學，博覽群書，常將歷年所得之書寄往家中，指點于右任學習。光緒十五年（一八八九年），于右任父親帶著繼母劉氏回到三原。晚上在家裡父親為督促于右任讀書，常常與兒子一起在燈下互為背誦。背時皆向書一揖，背不熟則夜深相伴不寢。後于右任在〈斗口村掃墓雜詩〉中記云：

> 發憤詠詩習賈餘，東關始賃一椽居。
> 嚴冬漏盡經難熟，父子高聲皆背書。

「父子相揖背文章」的故事，一時在三原傳為佳話。

清光緒二十一年（一八九五年），于右任十七歲，時清廷趙芝珊督學陝西。于右任以優異成績榮獲「案首」，始入三原縣學。後又在三原宏道書院、涇陽味經書院、西安關中書院求學深造。在此期間，他閱歷漸廣，眼界大開。光緒二十四年（一八九八年），戊戌變法的思潮如春雷啟蟄，使剛好二十歲的于右任感到振奮和鼓舞。這年，提倡新學的葉伯皋擔任陝西學使，葉先生下車伊始，觀風全省，出了試題讓學生做。在收來的答卷中，葉先生對于右任的文章倍加讚賞，喜不自禁地在試卷上批上「西北奇才」。受到葉先生的賞識，于右任聲譽漸起。

光緒二十五年（一八九九年），陝西大旱。于右任因年輕有為而被任命為三原粥廠廠長。光緒二十八年（一九〇二年），興平知縣楊吟海仰慕于右任之名，禮聘于右任去興平，于右任欣然前往。武功、興平一帶是周武開基之地，名賢名將史不絕書。在興平期間，他借古喻今，寫了這樣的慷慨詩句：「柳下愛祖國，仲連恥帝秦。子房報國難，椎秦氣無倫。報仇俠兒誌，報國烈士身。寰宇獨立史，讀之淚盈巾。逝者如斯夫，哀亡此國民。」表達了他憂國憂民的思想和宏偉抱負。

于右任年幼名伯循，後以「右任」名世。「任」為「衽」簡寫。衽，衣襟也。在我國古代，少數民族服裝的前襟都是向左掩，異於中原一帶民族的右衽。于右任簡化「右衽」二字為字號，表明了其民族意識和救國志向的日漸增長。

光緒二十九年（一九〇三年），于右任以第十名中舉。同年，他的第一本詩集《半哭半笑樓詩草》出版。因此書觸犯清廷，遂被清廷以「逆豎倡言革命，大逆不道」罪名通緝。

于右任被迫流亡上海。在上海，他接受了新興的資產階級民主革命思想，並受到當時中國有名的教育家、宗教學家和社會活動家馬相伯的賞識和器重，進入馬先生創辦的我國第一所私立大學——震旦公學。後因教會派人代理主持震旦公學，學生紛紛退學。在這種情況下，于右任協助馬相伯建立了復旦大學。此後，于右任又創辦了中國公學和上海大學。

在復旦期間，于右任對保皇派把持輿論十分氣憤，他經過輾轉活動，籌措資金辦了《神州日報》，後報社毀於火災。于右任又先後創辦了《民呼日報》、《民吁日報》、《民立日報》，其基本宗旨是為民請願，仗義執言。《民立日報》在辛亥革命中起了革命喉舌的作用，受到孫中山先生的稱讚。民國肇始，于右任被任命為交通次長。在任期間，他廢寢忘食，串臉胡一連好多日子顧不上刮，以至鬍子竟拂到脖頸以下，同事便打趣地叫他「美髯公」，他聽後也不禁啞然失笑。後來習慣了，乾脆不刮，「美髯公」之名，大抵由此而來。

袁世凱死後，于右任出任陝西靖國軍總司令，與高峻、耿直、鬍子翼等攻打北洋軍陝西督軍陳樹藩，後又與直軍作戰。駐陝時期，他促成了渭北水利委員會的建立，修建了涇惠渠，使涇陽、三原、高陵一帶數十萬畝農田獲灌溉之利，當時被譽為「關中灶神」。除興修水利，他還致力於民智開發。一九二〇年，于右任主持在三原西關原國民小學基礎上擴建創辦了民治小學校。這些利國利民的善舉頗受民眾讚譽。

于右任一生正直廉潔。一九三一年，于右任就任南京國民政府監察院院長。他一向對國民黨上層的爭權奪利、互相傾軋和貪汙腐化現象深惡痛絕。他一旦發現貪官汙吏，不論職位高低，都敢於具呈國府提出彈劾。有這樣一件事：在重慶時，監察院揭發了一起數額駭人聽聞的大貪汙案，被彈劾的是蔣介石左右的權要人物。于右任堅決執行職權進行彈劾，蔣介石卻故意拖延，庇護這些人。于右任一氣之下，堅辭院長職務，移居成都，以示抗議。其高風亮節，使周恩來也深為讚嘆。

于右任一生不輟書法。即使在兵戈鐵馬的戰爭年代，他仍堅持日日臨摹、習字。他的書法，以草書最為著稱，國內外對其有「中國草聖」之譽稱。于右任認為「寫字如同作畫，應求天然渾成」，追求神似。一九三二年，于右任又倡導在上海創立了標準草書研究社，致力於草書標準化、規範化的工作，這對中國文化事業的發展起了積極的作用。

于右任天性豁達，為人正直廉潔，美髯飄逸，揮灑人生，其風範為後輩景仰，其經歷給人以啟迪，實屬後人之楷模。

# 黃世仲的《洪秀全演義》

洪秀全領導的太平天國革命運動，是近代歷史上影響最大的農民革命。它雖然失敗了，但在人們心目中留下了難以磨滅的印象。不少作家用生動的文字描寫了這場革命，創作出感人的文學作品。黃世仲的《洪秀全演義》即是其中之一。

黃世仲，清末人，字小配，亦作配工，別號禺山世次郎，廣東番禺人。青年時，他和哥哥伯耀去南洋謀生，南洋華僑各工界團體因他善於寫作，十分敬重他。當時南洋發行一種《天南新報》，宣傳維新變法思想，他便經常為其投稿，發表政見。後來擔任香港《中國日報》記者，與章太炎一起著文與康有為展開論戰，宣傳反清革命。以後又參與創辦《世界公益報》、《廣東日報》、《有所謂報》，並自創辦《少年報》，宣傳革命思想，對海外華僑影響極大。

黃世仲先參加了興中會的外圍組織三和堂，後正式加入同盟會，被選為香港分部交際員，後又被選為庶務員，除繼續進行文字宣傳外，還奉命聯絡廣東革命黨，從事更實際的革命活動。辛亥革命後，被舉為廣東民團局長，後因與都督陳炯明不和，被陳逮捕入獄，終於藉胡漢民之手，以「侵吞軍餉」為名殺害。

《洪秀全演義》五十四回，一九〇五年起連載於香港《有所謂報》和《少年報》；一九〇六年，香港《中國日報》社印行單行本，章太炎為之作序，除對洪秀全領導的太平天國革命給予高度評價外，對該書也作了充分的肯定。章太炎當時是革命家，文章也很著名。他因從事反清革命被捕入獄三年，備受艱苦，而革命意志毫不動搖，出獄後到日本主編《民報》，文筆犀利，聲名大著。他為該書作序，擴大了它在社會上的影響。作者黃世仲自己在卷首也有序文，並附例言二十二條，指出他寫作該書的目的，是要把被清政府顛倒了的歷史顛倒過來，宣揚革命思想，激發人們的革命熱忱。他對太平天國起義和太平天國的人物表示了無限的崇敬，給予了高度的評價。

《洪秀全演義》從清廷奸相穆彰阿弄權亂政開始，說到兩個青年志士錢江和馮雲山的會合，洪秀全與諸人深山結義；然後從聯保良會開始，歷述洪秀全金田起義，太平天國革命武裝由小到大，由弱到強，進而定都南京，揮師北上；直至楊秀清被殺，石達開出走，李秀成支撐危局；而終因洪秀全優柔寡斷，坐失時機，開始走向覆亡；對太平天國末期以前歷史上的大事件，都有生動具體的描述。作者高度讚揚了太平天國將士萬眾一心，不怕犧牲，「共挽山河，救民水火」的英雄氣概，塑造了一批革命意志堅定，氣度恢弘，有勇有謀，視死如歸的英雄形象，尤其著意描寫了錢江、馮雲山、李秀成、林啟榮、林鳳翔等人。如寫林啟榮守「當數省之衝」的九江府，「獨能堅守孤城，斷敵國交通之路，時歷數年，身經百戰，巍然不移」。第四十七、四十八兩回寫曾國藩、胡林翼、官文等以全國十餘萬兵力，分兵五路會攻九江，天國將士在林啟榮的率領下，英勇奮戰，清兵死屍枕藉，城破之日，仍然拚死巷戰，無一人投降。他們慷慨赴義，英勇犧牲的精神可歌可泣，動人心魄。而將士們之所以能夠如此，是因為將領林啟榮「鎮守九江幾年，最得人愛戴，每有戰事，莫不甘為效死」。書中通過一些真實可信的具體描寫，塑造出一個感人至深的太平軍將領的高大形象，歌頌了太平天國的政績。書中對馮雲山、錢江的「觀變沉機」、「料敵決勝」，李秀成、石達開的「智勇氣量」，陳玉成、蕭朝貴、李開芳、李世賢的「勇毅精銳」，都有生動的敘述。作者特別推崇李秀成，認為是「古今來第一流人物」，對他的身歷安危，豁達大度，出奇制勝，用兵如神，寫得有聲有色。對林鳳翔的「老將神威，所向無敵」，但因一時好勝，不聽勸阻，孤軍深入，以致「功敗垂成，就義以歿」，也寫得很出色，使讀者既為他的一往無前、直搗北京的革命勇氣而高興，又為他的在勝利面前看不到面臨的巨大危險而著急，為他的功敗垂成而惋惜。由於作者黃世仲直接參加了反清革命，「蓄慮積憤，亦既有年」，故能認真收集太平天國遺聞軼事和古老傳說，用了三年的時間，以極大的熱情來敘述這些人物，使之栩栩如生，呼之欲出。該書線索大抵以《太平天國戰史》為依據，學習、模仿《三國演義》的體例加以穿插組織，主要歷史事件大體符合史實，人物故事情節又有創造虛構，在歷史真實和藝術真實的關係上處理得較妥當。

太平天國革命運動轟轟烈烈地進行了十二個年頭，席捲大半個中國，沉重打擊了以清王朝為代表的封建地主階級勢力和帝國主義勢力，它雖然失敗了，但留給後人寶貴的經驗和教訓。《洪秀全演義》通過形象的描寫指出了一些應該作為後人借鑑的東西，是有積極意義的。

小配擅長小說，除《洪秀全演義》外，還有《官海升沉錄》、《廿載繁華夢》和《五日風聲》行世。

# 張元濟與《東方雜誌》

從一家不起眼的小型印刷廠到名滿海內外的文化重鎮，商務印書館走過了一條曲折、漫長和充滿荊棘與輝煌的道路。在它的發展史上，有一個人的名字是值得時時提起和不該被後人遺忘的，他就是張元濟。

張元濟，字筱齋，號菊生，浙江海鹽人，生於清同治六年（一八六七年），一九五九年八月以九十三歲高齡逝世於上海。從一九〇二年進入商務印書館直至逝世，張元濟參與、主持和督導「商務」近六十年，使之從草創初期的簡單印刷企業，轉變為集編輯、印刷、出版發行及其他文化事業為一體，以協助教育、傳播文化為經營宗旨的出版巨人，在中國近現代出版史上留下了極為濃重的一筆。

早年的張元濟，走的是一條傳統士子的道路。他七歲入私塾，十八歲應科舉，中秀才，二十三歲中舉人，二十六歲赴京會試，又中了進士，並授職翰林院。若沒有什麼變故，他的一輩子便有可能這樣一直走下去。但甲午中日戰爭改變了這一切。歷來被清王朝目為蕞爾小國的日本竟然將堂堂天朝打得一敗塗地，這使張元濟受到了很大的震動，他開始傾向維新，並參加了戊戌變法。變法失敗後，張元濟遭到了革職處分。後經李鴻章介紹，他離京赴滬，受聘於交通大學的前身——南洋公學，任譯書院院長。

戊戌變法的失敗，促使張元濟作進一步的思考。他在給當時南洋公學主持者的一封信中寫道：「國家之政治，全隨國民之意想而成。今中國民智過卑，無論如何措施，終難驟臻上理。」於是他將眼光轉向了民眾教育和啟蒙上。在此期間，由於業務關係，他結識了商務印書館總經理夏瑞芳。一九〇二年，張元濟辭去南洋公學職，正式加入商務印書館，任編譯所所長，主持書刊的編行，從而將自己的一生精力，投入到了為教育啟蒙服務的出版業當中。

此時的商務，成立不過五年，在眾多的書坊、小印書局中尚屬不起眼的角色。張元濟到任後，在夏瑞芳的大力支持下，抓住契機，主持出版發行了大量深受國人歡迎的書籍。首先是編寫各類教科書，由於商務版的教材兼顧各方特點，質量上乘，很快形成了巨大的影響，營業之盛，冠於全國，一來大大提高了商務印書館的知名度，二來則為中國近現代教育事業做出了極大貢獻。除了教科書，張元濟還注重出版有關西方文化學術思想的譯介著作，如嚴復的《天演論》、《群學肄言》、《原富》，及林紓、伍光建譯的西方小說等，均為商務首倡，一時風靡全國。商務印書館還編纂了不少字典辭書，如《英華音韻字典集成》、《華英字典》等，都是我國最早自編的外語字典，而歷時八載方成的《辭源》，更是影響深遠。除了書籍，張元濟也很注重期刊的作用，而要說到商務版的期刊，則首推《東方雜誌》。

《東方雜誌》是按照張元濟的想法創辦的，自甲午戰爭以來，張元濟一直在思考日本強大的原因，並提出要向日本學習。創辦於一九〇四年三月的《東方雜誌》，正是以「啟導國民、聯絡東亞」為宗旨，主張聯日抗俄。張元濟聘請他的鄉試同年，曾編過《清稗類鈔》的徐珂擔任主編，內容除了自撰社論外，經常選錄各種報刊的時論、記事、要聞和詔書、奏摺等。三十二開本，每本十萬多字，近似文摘性刊物。我國人民最早讀到的高爾基的作品，即是《東方雜誌》一九〇七年第四卷發表的吳檮譯的《憂患餘生》，即《該隱與阿爾齊姆》。從一九一一年第八卷第一期起，在張元濟的建議下，雜誌進行了大改良，改為十六開本，每本二十萬字，用潔白報紙西式裝訂，並取消諭旨等官方文牘，按現代學科分門別類，廣徵名家撰述，逐漸成為現代化的綜合性雜誌。厚重的內容、精美的裝幀加之低廉的售價，《東方雜誌》受到了讀者的歡迎，銷數達到了萬份以上。

一九一四年，商務印書館總經理夏瑞芳因反對滬軍都督陳其美駐兵閘北，被陳遣刺客暗殺。這使得張元濟不得不將自己的工作側重點轉向經營、管理等事務性工作方面。一九一六年四月，他正式卸去編譯所長職，改任經理，不再主持書刊的編發工作。此時新文化運動方興未艾，《東方雜誌》作為廣有影響的大刊物，卻缺乏明確的政治立場，思想趨於保守和穩健，因而遭到非議。陳獨秀於一九一八年發表〈質問東方雜誌記者〉一文，抨擊《東方雜誌》及其主編杜亞泉，羅家倫也在一九一九年撰文對商務版的幾種雜誌進行批評。張元濟原本也是主張保守與穩健的，但新文化運動的興起，特別是五四運動後各種社會思潮的湧動，使他意識到雜誌應當順應世界之潮流。一九一九年年底，在他提議下，陶惺存接替杜亞泉主編之職，對《東方雜誌》進行改造，增加社會科學類論著，發表資產階級各種學派學說，也刊登進步的政論文章。魯迅、瞿秋白、夏丏尊等名字也不時在雜誌中出現。

一九二五年五卅運動期間，《東方雜誌》出版臨時增刊，聲援工人、學生的反帝鬥爭。一九三二年一〇月胡愈之負責編輯後，雜誌思想內容更趨向於進步。抗戰爆發後，各界名流學者在《東方雜誌》上積極著文，號召全民抗戰，刊物的社會影響日益擴大，銷量增至五六萬份，為宣傳抗日起了很大作用。終因戰火，數度遷移，先長沙，再香港，後重慶，一九四六年一月遷返上海，但刊物的水平已經開始下降。一九四八年一二月停刊。共出四十四卷，每年一卷。

張元濟於一九二〇年五月交卸商務印書館經理職務，改任監理，退居二線。對於《東方雜誌》的編輯、出版和發行，除了幾次極為必要的行政上的建議與干預外，他並沒有進行太多的插手。他所做的，主要就是從文化教育與傳播的角度著眼，為雜誌的創辦提供一個大體的方向，並憑藉個人聲望為雜誌吸引大量人才和創造寬鬆的辦刊環境。而且，從張元濟一生的功績看，發行期刊只是其中很小的一部分，遠遠比不上張氏前期的編纂教科書和後期的大規模的古籍整理，也比不上他以實幹家的身份圍繞商務印書館建立的一項項文化實業工程。但無論如何，《東方雜誌》，這份舊中國刊行時間最長的大型綜合性期刊，能出自張元濟所主持的商務印書館門下，這絕不是偶然的。

# 辛亥革命烈士的絕命詩

孫中山先生領導的辛亥革命，是中國歷史上具有偉大歷史意義的革命運動。這一革命的勝利，是無數革命先行者用鮮血換來的。它雖然發生在一九一一年一〇月一〇日，但是它的醞釀，卻始自清光緒二十年（一八九四年）興中會的成立，迄止於一九一五年反對袁世凱稱帝的鬥爭。在這長達十二年的歲月裡，無數革命先烈，為了推翻反動黑暗的清王朝政權，為了祖國的繁榮和昌盛，赴湯蹈火，在所不辭；他們抱著殺身成仁、捨生取義的戰鬥精神，拋頭顱，灑熱血，獻身於革命事業，創造了許多可歌可泣的事蹟。他們雖然不是詩人，卻也為我們留下了許多熱情洋溢、熱血沸騰，壯志雄心如狂飆怒火般的絕命詩，表現出有如與日月同輝的凜然不屈、視死如歸的氣概。

鄒容（一八八五—一九〇五年），字蔚丹，四川巴縣人。出身富商家庭。一九〇二年赴日本留學，走向革命。一九〇三年四月參加黃興等發起的「拒俄義勇隊」，後回國，在上海參加章炳麟、蔡元培等組織的愛國學社。一九〇三年六月章炳麟因「蘇報案」被捕，鄒容為了救護革命同志，於七月一日挺身而出，投案自首。一九〇四年被判監禁二年。在獄中鄒容與章炳麟唱酬，表現出大無畏的英雄氣概。二人有聯句詩〈絕命詞〉二首：

擊石何須博浪椎，群兒甘自作湘累。
要離祠墓今何在？願借先生土一坏。

平生御寇御風志，近死之心不復陽。
願力能生千猛士，補牢未必恨亡羊。

表現出願以自己的犧牲，喚起千百萬革命力量的堅強信念。

朱元成（一八七六—一九〇七年），字松坪，湖北江陵人。一九〇四年在武昌發起成立日知會革命團體，並到清軍兵士中去做發動軍隊響應革命的工作。後來到日本和同盟會聯繫，一九〇六年被孫中山派遣回國，做湖南同盟會起義的策應工作。不幸事泄，與其他八人一起被捕，一九〇七年死於獄中。臨死前作〈絕命詞〉：

死我一人天下生，且看革命起雄兵。
滿清竊國歸烏有，到此天心合我心。

決心誓死推翻滿清統治，實現自己的革命理想，表現出願以自己一個人的犧牲換取天下同胞幸福的革命樂觀主義精神。

秋瑾（一八七九—一九〇七年），字璿卿，別號競雄，又號鑑湖女俠。浙江紹興人。一九〇四年春赴日本留學，積極投身革命，加入光復會、同盟會，一九〇六年回國，在浙江組織光復軍，籌劃起義。一九〇七年因起義計劃洩露而被捕。就義前五天，她給她的女弟子徐小淑寫了一首〈絕命詞〉：

痛同胞之醉夢猶昏，悲祖國之陸沉誰挽！日暮窮途，徒下新亭之淚；殘山剩水，誰招志士之魂？不須三尺孤墳，中國已無淨土；好持一杯魯酒，他年共唱擺崙歌。雖死猶生，犧牲盡我責任；即此永別，風潮取彼頭顱。壯志猶虛，雄心未渝，中原回首腸堪斷！

生死訣別時仍雄心未變，革命的堅決徹底精神，溢於字裡行間。

趙聲（一八七三—一九一一年），字伯先，江蘇丹徒人。曾去日本考察軍事，回國後，就全身心地投身革命鬥爭。一九〇八年參加黃興領導的廣東欽廉起義。一九一〇年被推為香港同盟會總部部長，一九一一年四月同黃興一起領導廣州起義。失敗後，悲憤積勞病死。寫有〈贈吳樾〉詩四首，其中一首寫道：

一腔熱血千行淚，慷慨淋漓為我言：
大好頭顱拚一擲，太空追攫國民魂。

趙聲和吳樾曾一起策劃暗殺清軍將軍端方，計劃失敗後，二人互相贈詩，表明共同的決心，要用自我犧牲的行動來感召廣大人民，使他們提高覺悟，堅持革命到底。

白毓昆（一八六八—一九一二年），字雅雨，號銑玉，江蘇南通人。同盟會天津主要負責人之一。武昌起義後，他奔走於北京、天津、張家口、灤州一帶，策劃武裝起義。一九一二年一月三日成立北方軍政府。後被出賣，殉難。起義前作有〈絕命詩〉一首：

慷慨舌胡羯，捨南就北難。
革命當流血，成功總在天。
身同草木朽，魂隨日月旋。
耿耿此心志，仰望白雲間。
悠悠我心憂，蒼天不見憐。
希望後起者，同志氣相連。
此身雖死了，主義永遠傳。

在當時中國南方已經為革命勢力控制的大好形勢下，北方卻仍遭受著清政府的蹂躪、踐踏，白毓崑積極奔走許多地方，策劃發動武裝起義，不辭辛勞，意志堅定，決心慷慨赴死，激勵民眾，使自己的革命理想永遠流傳下去。

熊朝霖（一八八八—一九一二年），字其賢，貴州貴陽人。一九〇四年進湖北陸軍學校，開始宣傳民族革命，深受盧梭、孟德斯鳩思想影響，寫有《革命思想》一書。一九一二年赴灤州，擔任敢死隊隊長，在同清軍的作戰中英勇殺敵，後被俘，慷慨就義。〈絕命詩〉是他臨刑前寫下的四首詩。其中第二、第三首寫道：

夷禍紛紛愧伯才，天荒地老實堪哀。
須知世界文明價，盡是英雄血換來。

男兒死耳果何悲，斷體焚身任所為！
寄語同胞須努力，燕然早建盪夷碑。

這種男兒大丈夫寧死不屈的精神和慷慨赴義的思想，震撼人們心靈。

黃之萌（？—一九一二年），字季明，又字繼明，貴州貴定人。一九〇八年參加雲南河口起義，一九一〇年夏到北京做祕密工作，發現袁世凱的狼子野心，準備把他殺掉。一九一二年一月一五日夜間，在刺殺袁世凱時被捕，隨即遇害。就義前寫絕命詞。詩云：

朔風砭骨不知寒，幾次同心是共甘。
在昔頭皮拚著撞，而今血影散成斑。
天悲卻為中原鹿，友死猶存建衛鑾。
紅點濺飛花滿地，層層留與後人看。

仇亮（一八七五—一九一五年），原名式崖，字蘊存，湖南湘陰人。一九〇三年赴日本留學，回國後一直在軍隊工作。一九一二年在北京主辦《民主報》，專門攻擊袁世凱的罪行。一九一五年被捕遭屠殺。他的〈絕命詩〉共兩首，其中一首寫道：

祖龍流毒五千年，百劫殘灰死復燃。
碧血模糊男子氣，黃袍嬌寵獨夫夭。
那堪新莽稱元首，定有荊軻任付肩。
世不唐虞心不死，望中淒絕洞庭煙。

從這一組《絕命詩》中，我們不僅領略到辛亥革命烈士的風采，而且感受到這一偉大革命是用一代人鮮血書寫成的不朽業績！

# 志士林覺民的〈與妻書〉

一九一一年廣州起義前，在總部研究、安排完起義的具體部署和行動計劃後，林覺民一個人回到自己的住處。這時，已經是三月二七日的凌晨。

近幾天來，日以繼夜的工作，但卻沒有絲毫的睡意。為了明天，他強迫自己睡一會兒。這樣，林覺民就和衣半躺在床沿上。誰知，那自覺革命即將勝利的方寸之心，仍激動難捺。他又翻下床來，緊了緊剛剛鬆弛的領帶，在小屋裡踱著步子。忽然想起，似乎還有一件該做卻還未做的事情。這就是最後還應該給遠在福州的妻子寫一封信。他開始構思信的內容。接著，他就坐在桌前，展開一條白布方巾，迅速地寫上「意映卿卿如晤」六個字。剛一落筆，卻又思緒萬千，眼前浮現出了妻子意映的容貌。他想起自己在日本慶應大學接到黃興、趙聲聯名給自己的通知後，就立即與幾位同志趕回香港，一到香港，又迅速召集福建籍的同盟會會員，討論、安排這次起義的許多事情。那時，自己整天忙於工作，幾乎是廢寢忘食，有時，竟沒時間喝一口水。特別是當想起自己能親自參加孫中山先生在檳榔嶼（今屬馬來西亞）提出的廣州起義計劃時，心裡就有說不出來的激動，這時，其他事情，也就都讓位給它了。他想，從光緒三十三年（一九〇七年）以來，革命黨人在孫中山的領導下，在華南沿海、沿邊地區，連續發動了七次武裝起義，可惜自己都沒有能夠親自參加，使自己殺身成仁、捨生取義的精神無法體現；也空負了自己拋頭顱、灑熱血，獻身革命事業的理想。現在時間到了，怎能不忘我地投入呢？林覺民眼前出現了一個極為輝煌的場面：從此兩廣就會成為中國革命根據地，然後揮師北上，匯合江河流域聞風響應的革命隊伍，直搗北京，推翻清朝，實現孫中山「驅逐韃虜，恢復中華，建立民國，平均地權」的十六字革命綱領。這時，他熱血沸騰，難以自控。

林覺民想到這裡，就又迅速在下面寫了：「吾今以此書與汝永別矣！」「永別」二字，忽然又讓他鼻孔一酸，四五年前一個晚上與妻子的談話，不由地也呈現在自己眼前。他兩人相偎而坐，他還摟著妻子的肩膀，撫摸她的手，卿卿我我地說了很長時間的家常話。這時，兒子依新出生不久。看著他們愛情的結晶，面對纖弱嬌小的愛妻，他就忘乎所以地談到了死。不料，這一說，溫馨的家庭，立刻捲起了軒然大波，溫柔的意映，大發雷霆，還哭鬧起來，熟睡的寶貝兒子，也被這場憤怒驚醒了。他耐心地向她解釋，從他對妻子的愛的深沉，到妻子瘦弱的身體，繁忙的家務，兒子的撫養的各個方面，說了原因。才讓她安靜下來。想到這裡，林覺民眼中的淚水，滾滾灑落在方巾上，已經寫下的一行字，浸濕了，墨漬緩緩地向周圍擴散。在淚珠和筆墨齊下的情況下，他幾乎再無法動筆。他想擱筆不寫，又放不下筆。他擔心妻子久居家室，不完全理解自己當年出於對她的一片摯誠，怕她在自己死後無法承受的悲哀，就又忍痛含悲地寫了下去。

他寫道，自己完全出於對妻子的「至愛精誠」，才說出「勇於就死」的話。接著又從三個方面，精心細緻地作了說明。

一方面，他通過自己對妻子的「誠願與她相守以死」的「至愛」，反復表明自己堅貞不渝的感情，說明「即此愛汝一念，使吾勇於就死也」。也正是這一筆，勾引起他無限的懷念，他想起了他們婚後的幸福生活。那後街屋後小廳旁的房子，那新婚後的竊竊私語，何事不語、何情不訴？那窗外的疏梅篩月影，依稀掩映，二人並肩攜手，說長道短，心心相印。一切全浮現在眼前。妻子好像就坐在他的身旁，他不由自主地又一次掉下了眼淚，淚濕方巾，無法繼續寫下去。忽然，又想起六七年前的一樁往事。當時由於投身革命，他曾一個人離家外出，後來回到家裡，妻子見到自己，哭著說：「希望你以後再出門遠行，一定告訴我一聲，我也好隨你一塊去，有個伴兒。」自己滿口答應了。誰知，這次從日本回國後，回家時，本想乘便把這次來廣州的事告訴給她，但是，在她跟前幾次想說，都沒有說出口。加上她當時已經是懷有身孕的人了，怕她知道後，悲傷過度，自己只好每日喝酒澆愁。其實，自己當時面對妻子的內心悲傷，實在無法形容。林覺民正是通過上述四件事情，說明自己對妻子的「真真不能忘」，也正是這種「真真不能忘」的「至愛」，才為了她「勇於就死」。

另一方面，他又從當時中國的「事勢」，談到廣大人民群眾的正身處水深火熱之中，「國中無地無時不可以死」。特別是當他想起不久前發生在自己身邊的一些事時，就更加義憤填膺，無法平靜。曾在南洋做工的同盟會會員溫生才（一八七〇——一九一一年），奉命從馬來西亞回國，接受了暗殺清軍水師提督李準的使命，由於布置不周，結果在四月八日誤將廣州將軍孚琦擊斃，溫生才也當場被捕，慷慨就義。這一事件，引起廣州當局高度的戒備，廣州起義的計劃也不得不提前進行。同志們的鮮血與殺身成仁的精神，激發了大家的革命決心，個個以身相許，決心捨生取義。這一幕，使他在方巾上疾書：「吾自遇汝以來，常願天下有情人都成眷屬；然遍地腥雲，滿街狼犬，稱心快意，幾家能夠？」

第三，林覺民想到自己的兒子依新已經五歲，轉眼成人，自己有了繼承人，也無後顧之憂。一時心中更加坦蕩、欣慰，「死無餘憾」。

燈下正在寫著，忽然室外響起沉重的腳步聲。他知道這是清軍在巡邏。不大一會兒，四鼓的更聲敲響了，他給妻子的訣別書也完成了。

這封只有一千多字的絕命書，既寫出了革命之情，也道出了夫妻情，而且字字真摯，句句情深，更說出了一個偉大的真理。這就是：沒有全民族的解放，就不會有個人的自由；個人的幸福要服從革命的要求。它洋溢著的革命志士拋頭顱、灑熱血、殺身成仁、捨生取義的偉大精神，與日月同輝！

由於形勢的急轉直下，廣州起義只好提前。四月二七日凌晨，二十五歲的林覺民，義無反顧地投入戰鬥。作為敢死隊隊員，林覺民臂纏白布，隨起義軍司令黃興從小東營機關出發，一起攻入兩廣總督衙門，擒殺管帶金振邦，擊斃守衛。總督張鳴岐穿壁潛逃。他們接著放火焚毀督署，到東轅門外同清軍水師提督李準的衛隊接戰，互有傷亡。隨後又攻襲了練公所，與清軍展開短兵相接的巷戰。後來，在同清巡防營的激戰中，林覺民不幸身負重傷，被捕。刑訊時，他仍慷慨陳詞，宣傳革命思想，痛斥腐敗的清政府。不久英勇就義，成為黃花崗七十二烈士之一。他的這封〈與妻書〉，也成為中國革命史上的一份十分珍貴的文獻，同樣與日月同輝。

## 言情作家徐枕亞和周瘦鵑

在整個中國小說史中，言情小說應占一席之地；在整個中國言情小說史中，鴛鴦蝴蝶派應占一席之地；在整個鴛鴦蝴蝶派中，那些堪稱言情能手的作家也很難讓人忘記。

徐枕亞和周瘦鵑，就是讓人難以忘記的兩位鴛鴦蝴蝶派的作家。他們的成名均在近代，儘管後來因政治等原因，他們都曾試圖解釋自己的創作不屬於鴛鴦蝴蝶派或不屬於典型的鴛鴦蝴蝶派，不願意被人戴上「鴛鴦蝴蝶」的帽子或標記，但人們卻普遍將他們目為「鴛鴦蝴蝶派」中的代表作家。

的確，徐枕亞和周瘦鵑都是晚清民初興起的「鴛鴦蝴蝶派」中的很有代表性的作家。他們的作品本質性地顯示了該派的言情特徵，淋漓盡致地狀寫風情萬種、悲喜萬端的愛情故事，其專注、其投入、其執迷、其沉醉的情形是那樣醒目，所以要想從大時代的要求的角度來批評言情小說，真是太容易了。但言情小說並不因為自身的「狹窄」，而主動放棄自己的存在權利，反而以通向「永恆主題」的深切體悟和表達，贏得了不同時代的許多讀者。尤其是那些對愛情有深切體驗和觀察的作家，其言情之作常能顯示出恆久的藝術魅力。

徐枕亞（一八八九－一九三七年），名覺，字枕亞，別署徐徐、眉子、泣珠生等，江蘇常熟人。曾進過私塾、師範學校等，當過小學教員。熱衷於創作，從中學時代就開始寫詩文小說。後來當了《民權報》編輯，便在該報上連載自己的第一部長篇小說《玉梨魂》。不料一炮而紅，贏得了眾多讀者。嚴芙孫在《全國小說名家專集》（雲軒出版部一九二三年八月版）中介紹徐氏說：

> 枕亞生平嘔心的著作要算《玉梨魂》和《雪鴻淚史》這兩部書了。這兩部書曾經再版數十次，銷數在幾十萬以上，連得香港和新加坡等處都翻版不絕。……他的夫人蔡蕊珠，去冬病歿，他曾有悼亡詞百首刊布，滿紙哀音，不忍卒讀。據枕亞說，那幾首詞是自己血淚染成的，恐怕是句實話呢。他自從悼亡以後，又有一個別署叫做「泣珠生」，也可見得當日他們伉儷的情好了。

由此可以理解，眾多讀者對徐枕亞的成名作《玉梨魂》給予厚愛，仍是有其道理的；其創作也並非無病呻吟的矯情之作，而每每融入了自己在愛情生活上的豐富體驗。因而，徐枕亞的言情小說相當真摯，不僅《玉梨魂》如此，其《刻骨相思記》、《雙鬟記》、《秋之魂》、《雪鴻淚史》等也是如此。

徐枕亞又曾擔任過中華書局的編輯，主編過《小說叢報》、《小說季報》等，還加入了南社。徐氏之母頗專制，每欺兒媳，導致家庭不和，枕亞夾在母、妻之間很難處，嗜酒，寫作，是他排遣心中苦悶的方式。其妻亡故，使其生活備感淒涼，後亦鬱鬱而死。這樣的作家寫出一些哀感頑豔、動人心扉的言情小說，應該說是自然而然的事情。

周瘦鵑（一八九五—一九六八年），原名祖福，改名國賢，號瘦鵑，別署泣紅、紫蘭主人等。與徐枕亞一樣，是江南才子。求學期間即習作不斷，十七歲便投稿，被《小說月報》所採用，受到鼓舞，更加熱衷於寫作，不久便結識了善寫鴛鴦蝴蝶的名作家包天笑，得其提攜，作品多有發表，成為鴛鴦蝴蝶派的「新秀」。瘦鵑早年家境貧寒，曾熱戀一位西名紫羅蘭的大家閨秀，因門戶差距太大而成泡影，這對他的情感和創作都產生了很微妙的影響。他將種種愛戀之思昇華為如夢如訴的言情小說，既為排遣，亦為充實，還贏得了新的紅粉知己。當他於一九一七年結婚時，證婚人包天笑在介紹年方二十二歲的周瘦鵑時，說他「是個愛情小說的老作家，他那言情之作，不知道有多少。我們見了他，便好似讀一篇言情小說……」（見《小說畫報》一九一七年六月號）。在通體都散發著紅玫瑰、紫羅蘭之類花香的周氏作品之中，言情的淒豔和抒情的柔婉讓人感到特別的「女性化」，就像他的名字一樣。在他所擅長的短篇小說裡，一個個愛情故事翩翩而至。〈恨不相逢未嫁時〉寫一個畫家追求絕色美人，偶遇一位花貌玉影的妙齡女子便一見鍾情，苦苦追求，然而終因羅敷有夫，難酬心願，遂使他欲哭無端，丟魂失魄；〈此恨綿綿無絕期〉寫一個芳容長駐的女子，在傷殘的丈夫和瀟灑的舊友之間盪起感情的秋千，二者皆難割捨，但後來情人生離，丈夫死別，使她備感「天長地久有時盡，此恨綿綿無絕期」。在瘦鵑小說中的情愛描寫，有著許多變式，但萬變難離其宗，唯情唯美的傾向使他難逃譏評。然而他的命運和整個鴛鴦蝴蝶派的命運一樣，既時或遭受貶斥與鄙視，又時或受到喜愛和眷顧。儘管後來周瘦鵑因形勢變化而放棄了玫瑰色的小說，移家蘇州，經營起了「周家花園」，甚至還在「文革」中受到迫害，投井自殺，但他的小說仍然有其難以泯滅的生命力，他的言情小說被不斷地重編重印便是明證。

徐枕亞和周瘦鵑同屬鴛鴦蝴蝶派，有其注重言情、曲盡風情的共同旨趣，但據其文體，二人又有區別：周瘦鵑側重師法「史漢」文風，故屬鴛派中的「史漢支派」；徐枕亞則自覺地師法傳統的「駢文」文風，被有的學者視為鴛派中的「駢文支派」。後者較前者更加柔美淒豔，從內容到形式都充分「鴛鴦蝴蝶」化，以「有詞皆豔，無字不香」的對偶排比等駢體文法，將成雙成對的鴛鴦蝴蝶們也符號化了。但這種「卅六鴛鴦同命鳥，一雙蝴蝶可憐蟲」式的傳統文法，其模式化的陳腐，又的確限制了言情小說藝術的進一步發展。

## 題材新穎的《胡雪巖外傳》

在晚清，有部以商業為題材的小說，為近代小說增添了新內容，這就是大橋式羽的《胡雪巖外傳》。

《胡雪巖外傳》一開始，就給我們推出了一個大興土木的畫面，這就是金融巨子胡雪巖在杭州建造私人花園。這個私邸花園完全是按照西湖的樣子修造的，也可以說就是西湖景觀的微縮。花園內有一個假山，耗銀八萬，還有錯落有致的十六院建築，這是專供他的妻妾居住的，每人一院，都安有電話，以便夜間招寢之用。假山周圍分別布置了許多江南園林的景致，如踏雪尋梅呀，唱戲打醮呀，擺酒設宴呀的亭臺樓閣，個個精緻，個個富麗豪華，就像皇家御園一樣。園內還養了一批清客幫閒，給主人裝點門面，吟唱助興。

小說接著就寫了胡雪巖在這花園裡糜爛的私生活。他花天酒地、醉生夢死，以至徹底失敗。

胡雪巖是晚清的一個真實人物，名光鏞。從李慈銘的《越縵堂日記》光緒九年（一八八三年）十一月初七所記可以知道，他是中國近代史上的一個大金融家，東南一帶的大俠，他經營阜康錢莊，曾一度主宰當時國家的經濟命脈。由於他同外國資本家的交往十分密切，國家所借貸的外國資金，實際上都是從他的錢莊支付的。這樣，他憑著重息，很快地就發了大財，成為浙江一帶的金融巨子，壟斷了江浙許多行省有關借貸，以至「大役」、「大賑」的金融支出。因此，得到朝廷的器重，委官江西候補道，後升至布政使，「階至頭品頂戴，服至黃馬褂，累賞御書」。胡光鏞暴發後，極盡奢侈荒淫之能事，在杭州營造私邸，全部按皇家的規格建造，並請西洋人設計建造。園中「所蓄良賤婦女以百數」，這些女人，又大都是他「劫奪」來的。此外在江浙一帶的其他地方還修建居邸很多處。阜康錢莊，勢力極大，杭州、上海、寧波都有它的分支機構，每天收、支都高達千萬。京師裡的許多王公、大官，都把錢存在他的錢莊，希望能拿到高息。誰知錢莊倒閉，有的虧折百餘萬，有的卻只得數百金。

《胡雪巖外傳》基本上是根據胡光鏞的事情演義而成的。可惜作者並沒有把自己的筆墨重點放在胡雪巖的為何經營錢莊，並通過他的這一業績表現晚清數十年間的金融界情況，也未能寫出當時商場、金融界的具體活動情況，而是完全放棄了這個經濟巨人的經濟活動，用更多的篇幅寫了他糜爛的私生活，因而極大地削弱了這部作品的認識價值與歷史社會價值。儘管這樣，《胡雪巖外傳》總還是為近代小說史增加了新穎的題材。

由於深受傳統的「抑商」思想的影響，在《市聲》和《胡雪巖外傳》中，總是有帶有譴責性質的對商人們私生活的過多描寫。

# 孫仁玉的秦腔短劇

在陝西易俗社劇作家群中，孫仁玉是最勤奮的一個。他一生創作各類劇本一百六十多種，有連臺本戲，也有大型本戲；有歷史劇，也有現實劇；有時事劇，還有科學劇。他的一百二十多種秦腔短劇，是他戲曲創作的精華所在，像《櫃中緣》（一九一五年三月）、《三回頭》（一九一四年六月）、《鎮臺念書》（一九一四年一一月）、《白先生看病》（一九一八年）、《將相和》（一九一二年八月）和《若耶溪》等，成為盛演不衰的劇目，享譽神州大地，以至馳名海外。

《櫃中緣》的主人公許翠蓮，是一個質樸的農村小姑娘，少出閨門，未經世面，靦腆得甚至見不得生人。在母親和哥哥面前，天真爛漫，憨厚樸實，顯得十分聰明伶俐，稚氣未脫，可是一些世俗成見的影響，在她那單純的心靈中自然形成了一種接近成人的理性束縛。

情竇初開的她雖然足不出戶，但卻也經常坐在門外做女紅，那花呀草呀，蜂呀鳥呀，以至蟲呀蝶呀，似乎也能引誘她的情懷。她是一個怕招閒話、怕惹是非，只戀著花花草草的小家碧玉。當她母親與哥哥去舅家時，家中就留下她一個人。她不願像蠶兒作繭自縛自己，就打開大門，呼吸新鮮空氣，並坐在門口做針線。隨著新鮮空氣的襲來，一個被官兵追捕的少年李映南也闖進她家大門。這件意想不到的事情，如急風驟雨般地敲打著她的心扉，靦腆又閱世不深的少女，又該如何對待這一突然事件？她一時手足失措，不能見死不救的正義感與世俗間的男女隔閡，使她難解難分。就在這種情況下，氣勢洶洶的追兵衝進家院，她急中生智，把李映南隱藏在家中唯一的衣櫃裡。李映南免遭災害，她也舒了一口氣。誰知追兵剛走，她哥哥淘氣回來偏偏要從櫃中給母親取東西。此時，一邊是驚魂未定的李映南，一邊是哥哥無邊無際的盤查追問。饒有情趣的是哥哥的追問，竟給她越來越大的勇氣和智慧。待母親回來，打開櫃子，發現這一美少年，關心兒女婚事的母親，心領神會地成就了這一櫃中婚緣。

《鎮臺念書》寫一對中年夫妻因讀書識字所引起的一場小小的風波。現任三品武官總鎮張曜文綴綴地出場了。作為一方總鎮，手中握有重兵，又威震一方，但卻目不識丁，現在竟然聽從妻子的勸告，一本正經地讀起書來。夫人做先生，丈夫屈身稱弟子，家庭也做了學堂。先生給學生還定了許多規程：背不出書、解不了詞、念不了字，要打板子。總鎮倒十分虛心說：「背不過就拿板子打，大丈夫說話豈出狂言，真管我面子上不好看，夫妻們就當師弟一般。」話倒說得在理、乾脆。但到真的背不出時，夫人一下子當真起來，事情就複雜了。特別是這位官高位顯的學生剛要擺出挨打的架子，想假意兒應付一下時，忽然丫環在旁邊低聲哂笑，竟觸動了「學生」的尊嚴，一番辯駁，請求饒過這一次。這位「先生」也不凡，她內衙掌印，老爺的一帆風順，又多咱少過她文才與筆墨的功勞？這樣，老爺不好惹，夫人不能惹，師生間僵持起來。僵局總得打開，事情偏偏那麼湊巧，撫臺衙門下書的人來了，帶的又是重要的書信，還要立等回文。這就使老爺不得不求人。求誰？師爺不在，夫人「罷工」，火燎眉毛。看不懂書信，就去數落丫環，骨子裡頭卻是暗指夫人，口頭上硬，脊梁骨卻早軟了。熟悉老爺性格的夫人，自然早已看出了老爺在這種場面中的色厲內荏。但她也有她的面子，有當「先生」的尊嚴。當然老爺對夫人的秉性也熟悉，不賠禮、不回話，是下不了臺的。這樣，就給「先生」作了個揖。果然，剛拱手，揖還未到，夫人就破顏笑了。一看來信，老爺又加官晉爵了。這下，官一升，書益發要唸下去了，謙虛的自然又是老爺，往日的「夫唱婦隨」，變成了今天的「婦唱夫隨」，「學生」跟「先生」後堂又讀書解字去了，一場引人發噱的「勸武人讀書」的喜劇也結束了。

《三回頭》是一齣家庭生活小戲。呂鴻儒把女兒榮兒嫁給許升，許昇原來是一個「論容貌他原來十分俊樣，論才情他也有滿腹文章」的青年，後來二老下世，就跟上無賴子任意張狂，變成了一個「又吸煙又賭錢」的浪蕩公子。榮兒苦口相勸，他執意不聽，還要休妻。呂鴻儒無奈，只好同意女兒同他離婚，帶女兒回家。這時，許昇卻不忍與榮兒分離，遲疑起來。呂鴻儒催女兒回家，但榮兒剛挪了幾步，回頭見丈夫擦淚傷心，就不忍分離，藉口衣箱未鎖，想回屋看看，在父親催逼下只得起步；再回頭，又見丈夫哭得更傷心，眼淚濕透衣袖，淚水牽動著她的心，她又藉口屋裡面缸沒有蓋，求父親慢走一步，好讓自己安頓好家事。這時老父生氣了，叫她快走，她覺得休書都寫了，「我已不是人家的人了，還管什麼麵缸」，跟父親走了幾步，但腳卻不聽指揮，待她第三次回頭看丈夫時，許升竟哭出聲來，哭得更加傷心，她又藉口要罵他一場，「洩一洩滿腹骯髒」，要求父親在門外稍等。父親走後，她苦口婆心地數落了許升一頓，並表示出堅決要走的樣子。許升苦苦相求，保證從此一改舊習，努力學好。呂老久等不見，進屋去看，夫妻雙雙求情，戲也就在這種歡樂聲中結束。一九二一年易俗社在武漢演出時，一個觀眾看後，默默地向舞臺上放了十幾塊銀元，說：「這個戲真好，正是我家庭的寫照。」

《白先生看病》是以「提倡平民教育」為目的的。作者以漫畫式的手法，把某些社會渣滓赤裸裸地暴露在光天化日之下。在這個戲裡，我們看到一個漂泊浪蕩、專門騙人的「白失神」，他賣假藥，坑害群眾。發人深思的是造成這種現象的愚昧無知，使這位白先生有機可乘。《將相和》與《莫耶溪》都取材於歷史故事，前者寫藺相如以國家民族利益為重，不計較個人得失同廉頗和好，熱情地宣揚了國家民族利益的高於一切；後者則批判了「不自查察，籠統模仿的通弊」，正像作者序中所說：「蓋一人與一人情形不同，一家與一家情形不同，一國與一國情形不同。故同一品業，在人或足以強身，在己或足以致病；同一生業，在我或足以盈利，在他或足以破產；同一政策，在人或足以興邦，在己或足以亡國……歐化東漸，中國士子，對於西方學說，不察其適合國與否，鼓吹之，模仿之，幾乎人步亦步，趨亦趨，……詠西施，意不在西施，願閱者會其意，諒其心，對歐美抉之別採擇，毋籠統模仿。」

孫仁玉（一八七二—一九三四年），名瑗，字仁玉，陝西臨潼人。清末舉人，同盟會會員，陝西修史局修纂。一九一二年同李桐軒共同創辦陝西易學伶學社，後擔任該社社長、評議長、編輯部主任等職，一生編創戲曲劇目一百六十多種，以小戲、喜劇見長，與范紫東共稱易俗社「雙璧」。

他的《看女》與《小姑賢》都是現實小戲，前者諷刺一些婦女偏愛女兒嫌棄媳婦；後者寫姑嫂間的新型關係，喜劇色彩濃厚。《沉香亭》、《白雲閣》、《彈俠記》、《馬古香》、《翠微洞》、《鬥龍船》、《新勸學》、《雞大王》、《好商人》等，都各有特色。

# 民主革命先驅孫中山的詩文

刀劍折戟沉沙，狼煙四起狂虐，半壁江山，半壁殘夢。萬仞峭崖，千丈浪頭，屹立著一個堅強的巨人，深邃的目光中一絲絲滄桑，廣博的胸懷中幾縷縷悲壯。他——中華民國的締造者孫文，以「天下為公」的氣魄，在戎馬倥傯的革命生涯中，揮灑詩之正氣、文之力量。

孫中山（一八六六—一九二五年），名文，字載之，號逸仙，乳名帝象，譜名德明，於香港入教時號日新，從事革命出走日本後又號中山。廣東香山縣（今中山市）翠亨村人。同治五年十月初六日寅時（一八六六年一一月一二日晨）生。

早在從醫的時候，孫中山先生就有憂國憂民的意識。當時的中國時局動盪，為了挽救民族危亡，結束了學生生活的孫中山，以為通過「求知當道，遊說公卿」，便可以實現自己的理想，於是在長達八千多字的〈上李鴻章書〉中提出：「人能盡其才，地能盡其利，物能盡其用，貨能暢其流」是「富強之大經，治國之大本」。不料被腐敗的朝廷所拒絕。此後，他毅然摒棄改良幻想，踏上暴力革命的艱險征途。

忙於從事實際革命工作的孫中山寫詩不多，從能讀到的來看，都是緊密配合革命鬥爭的，或是抒發革命情懷的，無不充滿壯志豪情，鼓舞我們的鬥志。

一八九九年，孫中山為醞釀組織武裝起義，用所寫一首七絕〈萬象陰霾打不開〉，作為起義時的聯絡暗號：

> 萬象陰霾打不開，紅羊劫運日相摧。
> 頂天立地奇男子，要把乾坤扭轉來。

此詩淺顯自然，明白如話。其中三四句鉤鎖相連，號召頂天立地的奇男子起來革命，參加武裝起義，根本改變「陰霾」的「萬象」，以挽救民族的危亡。這一句收束沉雄豪邁、慷慨激昂，使人感到藝術的魅力。

孫中山從創立興中會到成立同盟會這段時期，也有著名的詩作。在《中山全書》中，就收錄了他的〈挽劉道一〉：

半壁東南三楚雄，劉郎死去霸圖空。
尚餘遺業艱難甚，誰與斯人慷慨同！
塞上秋風悲戰馬，神州落日泣哀鴻。
幾時痛飲黃龍酒，橫攬江流一奠公！

這是中山先生沉痛哀悼一九〇六年一二月萍瀏醴起義中的死難烈士劉道一的一首七律。詩中有他對革命同志的深切哀惋，對革命友誼的珍惜，更有他對革命事業的熱忱希望。一個「雄」字，一個「空」字，蘊含著豐富的內容，抑揚有序，鏗鏘作響，餘音不絕。

一九一七年，孫中山完成了《建國方略》。這部著作的〈民權初步〉和〈實業計劃〉部分，表現了對中國民主化、工業化的強烈願望。而〈孫文學說〉部分，又是他不斷追求真理的革命實踐精神的再現。

一九一八年，在〈孫文學說〉的自序中，孫中山回顧了民國以來的革命鬥爭，雖然認識到加強革命理論宣傳對於推行革命運動的重要作用，但是他並沒有總結出革命一再失敗的根本原因。在改造中國的問題上，他仍然認為護法鬥爭是唯一可行的道路，而民國以來的建設「所以一無成就」，重要原因是革命黨人於革命宗旨、革命方略「信仰不篤，奉行不利」，受了「知易行難」錯誤理論的影響。

五四運動爆發後，孫中山對國內封建勢力的認識也有明顯進步。他連續發表了〈改造中國之第一步只有革命〉、〈救國之急務〉和〈八年今日〉等講演和文章，開始認識到中國革命的敵人不單是清朝皇帝、袁世凱、段祺瑞等反動頭子，而是一個集團，這是他反封建民主思想發展過程的一個飛躍，基於以上認識，他提出了解決中國問題的辦法是革命。

辛亥革命步入低潮以後，孫中山先生並沒有放棄救國之理想。一九一九年他在〈護法宣言〉中說：「須知國內紛爭，皆因大法不立，在法律，國會本不能解散，若不使國會復得完全自由行駛其職權，則法律已失其力……今日言和平救國之法，唯有恢復國會完全自由行駛其職權一途。」強烈抨擊袁世凱解散國會這一違背共和的行徑。孫中山先生正是和魯迅先生一樣，以文章作利刃將其插入敵人的心臟。這也正是中山先生維護共和的堅強意志的寫照。

抛開政治歷史，探聞一些有關孫中山個人的逸事，我們亦可以領略到孫中山先生詩文的風采。革命時代的他，與秋瑾女士有同志間的友誼。在秋瑾女士英勇就義後，中山先生曾到西湖秋社致祭，並為風雨亭寫了「江戶失丹忱，感君首贊同盟會；軒亭灑碧血，愧我今招女俠魂」這樣至誠至真的句子；而諸如「今秋女士不再生」、「秋雨秋風愁煞人」之句則被傳誦不已……

感悟孫中山先生偉大的一生，「光榮地、勝利地通過了一切重大的考驗」，這位「偉大的革命先行者」、「先進的中國人」在詩文方面留給我們的也是寶貴的財產。

他的作品先後還有一八九六年的《倫敦被難記》，寫的是他由美赴英，在倫敦被清駐英使館綁架的十二天。一八九六年針對德占領膠州灣、俄占領旅順而寫的〈中國的現在和未來〉；一九〇三年的〈支那保全分割合論〉，以及他赴南洋力駁保皇謬論的〈敬告同鄉書〉；一九〇四年繼續與保皇派論戰的孫中山，在紐約發表〈中國問題之真解決〉；一九〇五年，同盟會成立，他被推為總理，撰寫了〈民報〉的〈發刊詞〉，首次提出「民主、民權、民生」的三民主義，成為比較完整意義上的資產階級革命綱領；一九〇六年針對袁世凱破壞共和的行徑發表了〈第一次討袁宣言〉；一九一七年，俄國十月革命勝利，孫中山口授朱執儉撰成〈中國存亡問題〉，赴廣州成立護法軍政府，就任大元帥；一九二三年，著名的〈孫文越飛宣言〉發表；一九二四年中國國民黨「一大」召開，決定了「聯俄，聯共，扶助農工」三大政策，孫中山重新解釋了三民主義，走上了與中共合作的道路。同年，孫中山發表〈北上宣言〉。

一九二五年，孫中山先生的病情一天天惡化，但仍留下了「必須喚起民眾，及聯合世界上以平等待我之民族，共同奮鬥」的那著名的百字遺囑，對後人寄予殷切的希望。而今，我們仍能時時想起中山先生遺囑裡「革命尚未成功，同志仍須努力」這兩句激勵了無數人的話。

一九二五年三月十二日凌晨三時，一代天驕、身為民國國父的孫中山先生，永遠地離開了我們，但他的精神將永遠地鼓舞著後來人前進，再前進！

讀故事·學文學

# 中國近代文學故事 下冊

編　　著　范中華
版權策劃　李　鋒

發行人　陳滿銘
總經理　梁錦興
總編輯　陳滿銘
副總編輯　張晏瑞
編輯所　萬卷樓圖書(股)公司
排　　版　鄭　薇
封面設計　鄭　薇
印　　刷　百通科技(股)公司

出　　版　昌明文化有限公司
桃園市龜山區中原街 32 號
電話 (02)23216565
發　　行　萬卷樓圖書(股)公司
臺北市羅斯福路二段 41 號 6 樓之 3
電話 (02)23216565
傳真 (02)23218698
電郵 SERVICE@WANJUAN.COM.TW
大陸經銷
廈門外圖臺灣書店有限公司
電郵 JKB188@188.COM

ISBN 978-986-93170-7-8
2016 年 6 月初版一刷
定價：新臺幣 250 元

如何購買本書：

1. 劃撥購書，請透過以下帳號
   帳號：15624015
   戶名：萬卷樓圖書股份有限公司
2. 轉帳購書，請透過以下帳戶
   合作金庫銀行古亭分行
   戶名：萬卷樓圖書股份有限公司
   帳號：0877717092596
3. 網路購書，請透過萬卷樓網站
   網址 WWW.WANJUAN.COM.TW

大量購書，請直接聯繫，將有專人為您服務。(02)23216565 分機 10

如有缺頁、破損或裝訂錯誤，請寄回更換



**國家圖書館出版品預行編目資料**

中國近代文學故事 / 范中華編著. -- 初版. -- 桃園市 : 昌明文化出版 ; 臺北市 : 萬卷樓發行, 2016.06
　冊 ;　公分. -- (讀故事.學文學)
ISBN 978-986-93170-7-8 (下冊:平裝).
857.63　　　105010085